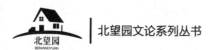
北望园文论系列丛书

小评论集

赵强　著

时代文艺出版社

图书在版编目（CIP）数据

小评论集 / 赵强著. —长春：时代文艺出版社，2018.7（2023.7重印）

ISBN 978-7-5387-5581-7

Ⅰ.①小… Ⅱ.①赵… Ⅲ.①中国文学－当代文学－文学评论－文集 Ⅳ.①I206.7-53

中国版本图书馆CIP数据核字（2017）第271538号

出 品 人　陈　琛
责任编辑　余嘉莹
特邀编辑　王禹琪
装帧设计　任　奕
排版制作　毛倩雯

小评论集

赵强 著

出版发行 / 时代文艺出版社

地址 / 长春市福祉大路5788号 龙腾国际大厦A座15层 邮编 / 130118

总编办 / 0431-81629751 发行部 / 0431-81629755

官方微博 / weibo.com / tlapress 天猫旗舰店 / sdwycbsgf.tmall.com

印刷 / 三河市嵩川印刷有限公司

开本 / 880mm×1230mm 1 / 32 字数 / 110千字 印张 / 6

版次 / 2018年7月第1版 印次 / 2023年7月第3次印刷 定价 / 30.00元

序说"北望园"

张未民

北望园是一座房子，红瓦洋房。

不较真的话，也可以扩大点儿说北望园是一个以红瓦洋房为主体的院落，院落里还包括紧挨着的一处茅草房屋。为什么北望园要包括这处格调不一样的茅草屋？因为在小说家骆宾基的笔下，这座茅草屋和红瓦洋房的居民共同构成了一个生活氛围。这个氛围、这个生活有一个揪心的背景音从茅草屋传出，感染了整个院落，就叫作"北望"。

表面上，茅草屋和红瓦洋房共同的生活格调是庸常的，一地鸡毛，这种"表面"的生活也是小说家主打的生活景象。但是因为租住茅屋的有一位流落此地的北方来的美术教员，是位绘画艺术家，每当闲时或入夜，北方家园的乡愁便随风摇曳潜入院落，似水银泻了一地。因此，实际上倒是茅草屋更体现了红瓦洋房的名称主旨，那似乎潦倒流浪的茅屋生涯僭越了主体红瓦洋房，成为北望园动人而敏感的心悸。

说到这里，应赶紧交代，我们的"北望园"是著名的

"东北作家群"成员之一骆宾基先生在其小说名篇《北望园的春天》中设计并建造的。它在大西南"甲天下"的名城桂林，坐落在丽君路上。

如果今天让"北望园"走出虚构，我相信，它是可以作为一个有着20世纪40年代西南风情和作为战时反讽存在的那个时代生活标本意义的旅游景点的。一边是大后方的庸常苦涩的生活，一边是遥远眷恋还乡的北望，东北作家的天才构思再一次显灵，他们总能于日常生计状态中提供悖论，拨动家国的神经，让慵懒的市民及其日子划过一道超越的、自由的、还乡的、情感的渴望之流光。这是一篇提供了生活反讽、进而提供了时代反讽的小说。北望园之名，乃是想象力反讽的标签与象征。想一想吧，居于南而有"北望"，平常心灌注进遥远的想、异常的想，东北作家所创造的空间美学不打动人才怪。于是北望，于是就有了那个时代之痛，那个时代的北方，尤其是东北，不仅有"雪落在北中国的土地上"，还有日本侵略者的铁蹄，一个字：殇。

北望，涉及一种叫作中国视野、中国时空的思维。地分南北，又共组时空。这种中国时空的完整性不可破碎，却总于现实中破碎，这破碎于是衍化为一个绵长的诗学传统"北望"，构成了对破碎的抵抗和诗性正义。"死去元知万事空，但悲不见九州同。王师北定中原日，家祭无忘告乃翁。"这是陆游的北望。在这样的北望中，天边的北方早已"铁马冰河入梦来"了。更知名的北望发生在唐安史之乱时期，杜甫写下了"国破山河在，城春草木深。感时花溅泪，恨别鸟惊心"的诗句。杜甫将其题为"春望"，但实质就是在蜀都草堂向北方关中帝都的北望。杜甫还说："老病南征日，君恩北望心"，"南京久客耕南亩，北望伤神坐北窗"。同是唐代的元稹的"我是北人长北望，每嗟南雁更南飞"，与杜甫诗句展开的思念空间具体内容可能不同，但都是中国时空的情调咏叹。然后，"中秋谁与共孤光，把盏凄然北望"（苏轼）、"北望可堪回白首，南游聊得看丹枫。"（陈与义），这样典型的中国姿态又感染了到了宋代人的凄恻情怀，而陆游笔下的"北望"，则是中国文学史上最为突出和成功的，构成了一种抒情形象的"北望"。当然，除了北望，还有西望、东望、南望；如"西北望，射天狼"，东北望，"拔剑击大荒"，等等，不一而足。

中国文化重"望"。来到现代，骆宾基在这篇毫不逊色于现代中国任何优秀小说的作品中说，我怀念北望园的春天。这怀念什么样？怀念是一种望，是一种爱，爱在南方，有南方才有北望，要多惆怅就有多惆怅。

是该纪念纪念北望园了。

近八十年后，我们提议以北望园的名义再建一座大房，或一个院落。在当年被骆宾基北望的故乡，吉林省作家协会要编辑出版"吉林文论系列丛书"，蓦地想起，就叫它"北望园文论系列丛书"吧。既为"系列"，一望而三，有三个系列：文学评论家理论家个人文集系列、文学专论系列、文学活动文集系列。合起来，这是个中国地方性的文学社区，是中国文学的北方院落之一，我们就在这里望文学，或让文学望望我们。

望字之奇妙，于此构成了多重关系。首先，我们愿意将文学评论（理论）视为一种"望"，中医方法与技术，说望闻问切，望为中医四诊之首，望既可以当作一种文学评论的诊断方法、途径的指代，也可以当作望闻问切四种诊断方法的代表，一望便知，一望解渴，一望解千愁，真的可以满足借喻、指代文学评论的功能。其次，望总有方向，总有立足方位，望与家园相伴，所谓北望园，三字经，包含瞭望的视觉表述、北的方向方位的表述、立足的家园土地的表述，可谓要素组合齐备。尤其"北望"，与我们这个所谓文学评论社区又在方向方位上切己相关，真是一个好辞。当然，当年骆宾基受条件限制，其北望是由南向北望，而我们这里的文学评论之望，则可以有更多的交互与方位切换，包括由南向北所望，也可以立足于我们的中国北方、中国东北而向南望去，向东向西望去，还可以北方文学北方作家之间的欣赏或自望，毕竟，北方、东北何其巨大辽阔，可容纳无尽的多向交叉叠压的北望的目光。北望，就是来自北方的望。再次，就是要借以向中国文学中的北望主题和北望表现传统致敬，向东北作家群的先贤们致敬，为了忘却的纪念（我们是否有过忘却？）和为了不忘却而纪念，庶几可大其心而尽其性。在这种望的判断力价值、方向价值与家园意识之外，望其实还提供给我们一种高尚的望，即仰望。抬头望见北斗星，心中有了想念。文学，哪怕是文学评论，都应是想念着什么的、想念了什么的。

骆宾基是吉林珲春人，除了是著名的作家外，还是一位有着跨界研究成就的金文学家。他和另几位东北作家群代表性作家萧军、端木蕻良、舒群等，1949年后都未能回到东北老家，大都落脚于北京市的作家协会，所以离世前大约一直还保持着漫长的"北望"的姿态吧。那里有他们新的"北望园"否？坐落在北京市前门大街和平门红楼宿舍等处，他们在那里依然在说"我怀念北望园的春天"否？都不可能知道了。都不可能知道了我才敢说，我知道，他们一直在"北望"。

本丛书前年已出版了两种，朋友们建议，让我写几句话权当为序，显得郑重些，于是就写了以上话。

2017 年 8 月

目　录

第一辑

落地生根与叶落归根

——读张笑天长篇小说《天之涯 海之角》

从文明的角度考察东亚中华文化圈乃至世界华人社会格局的形成，我们会发现在这一历史进程中发挥着决定性作用的，并非武力的征服与统合，而是一种文化上的从"中心"到"四方"辐射扩散、无远弗届，且又时时从"四方"到"中心"回望聚拢、无法隔阻的内在驱动和逻辑力量。因而汤因比在归纳中国文明的特质时将先于政治统一而存在的文化统一视为"中国模式"的关键因素。(《历史研究》)通俗点儿说，这一文化驱动和逻辑力量可以用两个相辅相成的词语来概括：落地生根与叶落归根。

张笑天的长篇新作《天之涯 海之角》恰可视为对中国文明"落地生根—叶落归根"的内在文化逻辑所做的生动的文学诠解。《天之涯 海之角》讲述的是中国昌邑的丝绸从业者们"下南洋"到东南亚各国求生存、谋发展的隐秘历史。小说选取中国北方丝绸之乡昌邑地方的四个家世背景殊异的家庭为对象，以粗犷雄浑的笔法勾勒出华人扎根南洋、步履维艰的海外创业史以及他们不忘故土、叶落归根的家国情怀。杨家与齐家是富甲一方的丝绸巨贾，依靠祖辈下南洋"背包袱"即走街串巷卖丝绸完成资本积累，继而一方面扎根南洋，辛勤拓殖，另一方面叶落归根，回故国故土光大祖业、谋求进一步发展。宋家祖上是声名显赫的武状元，经营着"永泰镖局"，以良好的信誉和从不失手的安全保证名震一方，然而却在现代交通、武器装备日新月异的大潮中日薄西山，因此其后人宋天问与身处底层的麦家青年麦秋、麦穗等相继漂洋过海，踏上南洋异国谋生。后者的父亲早年为生活所迫，到南洋求生存，客死他乡，因此他们"下南洋"的目的有二：一是希望到南洋寻找机遇，谋求生存、开创事业；二是寻访父亲的骨殖，将其带回故土安葬，以求"叶落归根"。小说以杨齐两家的矛盾、麦秋与宋天舒、宋天问姐妹的恋情、宋天舒与齐雪杉的情感纠葛为线索，将这几个贫富悬殊、背景各异的家族和人物勾连在一起，通过对不同秉性、气质、性格的人物人生道路和情感经历和刻绘，全景展示了20世纪前期中国人"下南洋"的创业史和心灵史。

曾几何时，以"闯关东""走西口""渡金山"等为主题的一系列文艺、影视作品一度引起人们的关注，它们讲述了中国人在生计迫力与进取精神的鼓荡下，远走异域他乡的艰难创业历程，一再唤起我们对先民筚路蓝缕、以启山林的勇气、魄力、智慧以及他们所遭遇的苦难、挫折的追慕与同情。"下南洋"正像"闯关东""走西口""渡金山"一样，是中国人携带着中华文化的基因"直挂云帆济沧海"的伟大征程。张笑天借小说人物杨老太太之口，总括性地勾勒出中国人创业南洋的艰难："当年老辈哥俩带了丝绸到南洋爪哇叫什么三宝垄的地方卖丝绸，后来水土不服，加上生意不顺手，愁病交加，客死他乡，那就是她丈夫的爷爷亲哥俩。后来她公公长大成人，两次去印尼，到底寻到了父亲和叔叔的尸骨，带回了昌邑。他不服气，总结教训，觉得推销昌邑柳疃绸，销与运货不能脱节，要结成帮。和织匠订供货合同，先付半价，以自家的地当抵押，风险也不小啊。到了她公公这辈，总算闯出来了，积下了家业……"这段鲜活生动的现身说法，浓缩了南洋华人、华侨创业的几大"法宝"：不畏艰辛、远涉重洋的勇敢，善于谋划、创新经营的智慧，诚信为重、道义为先的品格……麦秋是小说着力塑造的一个人物，他出身寒微，迫于家境贫寒，在燕京大学未及毕业就回乡教书，受到本邑富商杨润德的器重，于是投身后者的海外丝绸业务拓展事业。在"下南洋"途中，因遭遇生意竞争对手与海盗合谋的绑架勒索，杨家一败涂地，陡然破产，无所依凭的麦秋流落街头。麦秋并不自感沦落，他凭借自己的学识、智谋、远见和诚实可靠的人格魅力，迅速获得雅加达当地民众和荷兰殖民统治阶层的信赖，并得到后者的资金支持，先是在当地开创了自己的事业，后来又进入荷兰殖民者开办的锡矿公司担任高职。麦秋在创业时并没有像大多数人那样走街串巷叫卖丝绸，而是因地制宜，根据自身的实力和当地人的需要，买下一块无人问津的荒地经营公墓，其后又融入南洋主流社会，凭借自身优势跻身社会名流。

如果说麦秋的创业史是南洋华人"落地生根"的历史缩影，那么他以及其他人物在南洋奠定基业后不忘故土、眷恋故国、回馈祖国的高行义举，则正可谓"叶落归根"。前述杨家在南洋发迹后，回乡创办现代丝绸企业，并带动大批乡亲奔赴南洋，按照当地人的说法，"在南洋，昌邑人站稳脚跟了，滚雪球一样，杨家带的头，功不可没"。抗日战争全面爆发后，杨家将失而复得的亿万家资全部慷慨捐献，更显示出高尚的爱国情怀。而麦秋等人则或是慷慨解囊，或是振臂疾呼、走上街头募捐，或是以笔为矛、揭露日寇侵略中国的罪行，共同谱写了一曲海外华人抗日救亡的悲壮进行曲。如果说"落地生根"的创业史透露的是中华文化坚忍、进取的一面，那么"叶落归根"的家国情怀，则展现了中华文化无与伦比的凝聚力和向心力。从这种意义上说，《天之涯 海之角》可谓一部不可替代的优秀之作，它不仅体现了作家对宏大历史进程的把握和叙写的能力，还反映出作家从根本上体会、展现中华文化优秀特质的见识和雄心。而这，也正是我们在当下中国和平崛起于世界之时，所乐于并期待在文学中领略到的。

残茶凉透，在水面上凝留下一股冷香

——读金仁顺长篇小说《春香》

一

发生在南原府的新鲜事，没有一件不与香夫人有关。姿色出众的妙龄女子们更是要被人拿来与香夫人比来比去。这种比较让两班贵族家的小姐们很为难，倘若她们的容貌不能和香夫人相提并论，她们高贵的身份中就多了一些可以被平民轻蔑嘲笑的东西；而一旦她们身上的某些部分与香夫人扯到了一起，某些不贞洁的东西又必然会沾染到她们身上。

这是金仁顺的长篇小说《春香》开篇就抛给读者的美丽诱饵。凝视它、玩味它，你会不由自主地想起意大利著名电影导演朱塞佩·托纳多雷（Giuseppe Tornatore）的名作《西西里的美丽传说（Malena）》（2000），幻想着能像电影中那个骑着单车的十三岁小男孩儿，在好奇心和蠢蠢欲动的青春欲望蛊惑下，长久窥伺着一位风华绝代的俏佳人，陪她误入尘网、阅尽沧桑。周遭是盲目、躁动、善妒的群氓。他们捏造出无尽的流言蜚语，中伤她不可企及的美丽，消遣她的苦难，既打发了沉闷无聊的时光，又抚慰了内心的恐慌焦虑。最后，他们把自己也定格在这飞短流长的狂欢和想象中，成为一个经久不衰的传奇故事得以不断膨胀、增殖最强劲的动力，和最不起眼的背景。

太阳照常升起，生活还得继续。既然金仁顺抛出了"传奇"的关目，作为读者，我们自然期待香夫人能像电影的主角玛丽莲那样，虽然涉危履险、受尽损害和折辱，但最后也能安然度过危机。我们热切地盼望着《春香》能带来与"传奇"相称的阅读快感：南原府上演了一幕幕光明和阴暗、美丽与丑恶、爱情与权谋互博厮杀的大戏，故事以香夫人和春香从容不迫的优雅得胜而华丽谢幕。如果金仁顺能像电影那样锋芒毕露，质问制造和传播流言蜚语的看客："她有什么罪过？她唯一的罪过就是太美丽！"那这部小说无疑就更契合我们经过长期阅读训练培养起来的稳固、良好的阅读期待了。事与愿违，《春香》令我们善良、美好的期待扑了个空。美色倾国、八面逢迎的香夫人，为给女儿春香安排个好归宿，机关算尽，终究敌不过酷吏卞学道的阴鸷与权谋，最后，与他一同饮下令人失忆的"五色"酒，落了个蚩蚩蠢蠢的下场。春香既未嫁给众望所归的理想夫婿李梦龙，也没同青梅竹马的金洙结为连理，而是重操母亲的旧业，成了香榭的新主人——这两个或象征生活现实，或寓意爱情理想的男人，一个成了国王定下的驸马，另一个遁入空门。看来，金仁顺不满足于仅仅给读者营造一次阅读的历险，再编织一个曲终奏雅的完满结局。她想把美丽、把"人生有价值的东西毁灭给人看"①。这样说，《春香》似乎是一出悲剧。然而，这一"疑似"悲剧的写法又如此匪夷所思——金仁顺一边绘声绘色地讲述有关香榭、香夫人和春香的种种奇闻轶事，又时不时地俯冲到嘈杂、冰冷的生活现场，不断撕开包裹在"传奇"身上精致、华丽的外衣，明白无误地告诉我们，"传奇"是如何褪去生活质感、飞离生活场域的。这种"传奇"演绎法，毋宁说是对"传奇"本身所做的釜底抽薪式的致命一击。它也冲淡、稀释甚至消解了故事的冲击力和悲剧意蕴。对于读者来说，不论是期待才子佳人终成眷属的大团圆结局，还是希冀获得"怜悯与同情"式的悲剧体验，《春香》都不是合适的阅读对象。

这样的创作倾向，在金仁顺常被划归其中的 70 后作家群，乃至整个当代文坛，都是不多见的。所以，自 2008 年

①鲁迅：《再论雷峰塔的倒掉》，《鲁迅全集》（第二卷），中国青年出版社1957年版，第31页。

问世以来，《春香》就给评论界带来了不小的困惑。多数评论者喜欢从"女权主义"的视角讨论《春香》反抗男权的女性意识。从这一角度看，"香榭"就可以理解成一个悬挂着"女权""自由""爱情"等招牌的乌托邦。然而，小说本身并没有表现出对理论的驯服，《春香》中多个女性虚无、幻灭的结局，尤其是它对这一乌托邦"传奇"之来龙去脉的交代，似乎也构成了对"女性意识""女权主义"乃至"自由""爱情"等信念的消解。于是又有了"解构主义"的解读路径——《春香》不是展示了"传奇"之滥觞、风行的内在机制吗？那它必是一次以文学叙事为范本的有关"传统""权力"和"理想主义"的解构①……如果考虑到在《春香》之前，横亘着一部朝鲜族古代文学经典《春香传》，以及金仁顺本人的民族身份，那么，探讨她在"影响的焦虑"之下的"叙事突围"，似乎也成为解读这部小说的题中应有之义②。凡此种种，代表了当前评论界对这部小说的几种基本看法。它们对呈现《春香》在叙事和寓意上的丰富性和多样性来说，自然是有益的。也因为这些不同阅读印象和理解方式的存在和成立，《春香》带给当代文坛的惊奇、新鲜感才更加浓烈——面对这样一部作品，精于品鉴的评论家甚至怀

---

① 初清华：《秋千、蛇与刀——金仁顺〈春香〉的"知识场"批评》，《当代文坛》2009年第5期。

② 张昭兵、王海涛：《论金仁顺长篇小说〈春香〉的叙事突围》，《小说评论》2012年第2期。

疑自身的知识储备和理论修养，感叹"金仁顺的《春香》看完以后感觉很好但说不出为什么好"①。就此而言，《春香》无疑是一部闪耀着奇异锋芒的作品——套用J·希利斯·米勒的话说，《春香》的"奇妙之处"就在于，它所具有的"震撼读者心灵的魅力"，挑战了"批评家预备套在它头上的种种程式和理论"②。

——把《春香》称作"奇异"之作，并非心血来潮，毫无节制地表达我对这部小说的偏爱。这里所说的"奇"，首先不是一种价值判断，而是对小说创作理念、美学风貌的概括。正如张未民先生所言，汉语传统中的"奇"是与"正"相对而言的，小说评论话语中所谓"奇书"之"奇"，指一种由边缘向中心地带所做的充满解构意味的袭击和自我显示③。前文说，《春香》挑战了读者的阅读期待和评论家的解读程式。事实上，这种阅读期待和解读程式，乃是读者和评论家们在当代小说的惯常路数中逐渐习得和培养起来的。我们已经对那种现代以来所形成的为生活和人生赋予积极价值和意义的叙事传统了然于心，近年来又时时遭遇与之针锋相对的以消解宏大叙事、打破本质化观念及价值宰制为旨趣的

① 王光东、里程：《我们为什么看不见〈春香〉》，《当代作家评论》2009年第6期。

② [美]J·希利斯·米勒：《小说与重复——七部英国小说》，王宏图译，天津人民出版社2008年版，第5页。

③ 张未民：《奇书的产生》，《批评笔迹》，吉林人民出版社2002年版，第124页。

后现代叙事策略。它们虽然先后有别、旨趣各异，然而从整体上说，却互为补充地构成了当代小说主流、稳固的"中心地带"。在读到《春香》这样一部兼具两者某些形式要素的作品时，我们自然会不由自主地依照各自的认识惯性，进行见仁见智的分析。这些解读都不成问题，然而，当它们形成定见时，却会无意间遮蔽这部小说的来路和落脚点，甚至掩盖了它真正激动人心的质地。在我看来，《春香》之不同寻常的叙事形式和美学品格，也就是评论家们所说的"说不出"的"好"，就在于它敷演"传奇"而又消解"传奇"的叙事形式，以及这种形式美学根底里的伤痛、幻灭感和虚无意识，突破了为生活、人生赋予某种外在价值和意义的现代叙事传统，也没有因此陷入碎片化、荒诞化的后现代叙事迷局。

那么，《春香》这种奇异化、陌生化的自我显示源出何方？这种叙事形式背后的"意味"又该如何理解？

二

这里有必要先讨论一下《春香》与其故事原型——《春香传》的关系。《春香传》常被誉为"古朝鲜的《罗密欧与朱丽叶》"或"韩国版的《西厢记》"，是个典型的"才子佳人"故事——盛名之下，常有非实之虚，《春香传》名声虽大，却并无复杂的故事结构和高妙的寓意，金仁顺在《春香》结尾处有极为凝练的概括：

> 南原府有一个倾国倾城的春香小姐，琴棋书画无一不精。她在端午节的谷场遇见了南原府使大人家的公子李梦龙，两个人一见钟情，当天夜里请清风明月为媒作证，行了夫妻之礼，后来李梦龙随父亲回到汉城府，新任南原府使卞学道大人有心掠美，遭到春香小姐的严词拒绝，因为，她和李梦龙已有盟誓在先……

正是这个故事原型，诱使不少解读者颇费心力，比较《春香》和《春香传》的异同，讨论金仁顺在现代语境下"重述经典"的策略和智慧。如前所述，作家的民族身份也被牵扯进来，《春香》背后的"民间传统""地方性知识"也成了炙手可热的话题。然而，若真将二者做一番对读，便不难发现，如果非得说《春香传》对《春香》构成了哪些"影响的焦虑"的话，那这"焦虑"也只能体现在故事几个主要人物的名字、身份上——艺妓春香、贵族公子李梦龙和南原府使卞学道。小说着墨不多的朝鲜族传统人情风物，如谷场狂欢、盘瑟俚说唱等，也构不成影响叙事全局的"民间传统"和"地方性知识"——这些"民族符号"，不过是作家随手点染而来，奏不响人们期待的民族情调。金仁顺本人曾多次表示，她对《春香传》既不熟悉，也无意与之争胜：

《春香传》的故事框架我当然知道，但原著只读过几页节选，没什么太多的感觉，从某种意义上来说，这几页节选破坏了我对故事的想象。所以就没找原著来读。我写的是《春香》，不是《春香传》。①

这样看来，发掘《春香》与《春香传》乃至朝鲜族古典文化传统的"隐秘关联"，即使不说是一厢情愿、出力不讨好，顶多也就是仁者见仁、智者见智的"读者反映批评"。而对《春香》之"叙事突围"的考察，乃至"突围"这一隐喻传统与当下、经典与再创作之复杂、紧张关系的概括和表述本身，都显得无的放矢、摇摇欲坠了。当然，作家急于撇清与前文本、传统的关系，可以理解成一种自我标榜的策略。但对金仁顺而言，这种理解显然是不合适的。金仁顺急于否认的并非传统本身，而是被评论者们误读、错认、嫁接在《春香》头上的"传统"。她并不讳言传统的影响，在一次题为"文学与传统"的发言中，她甚至专门表露过自己在发现文学传统之"精髓"上所倾注的诚意和耐心：

（《西厢记》尾声）张生带着书童在路上行进，夜投一间小店歇宿，张生做了个梦，莺莺在梦里追赶张生，欲与其一同进京，其后又有强人来追赶莺

①姜广平：《身居东北的南方叙事风格——与金仁顺对话》，《文学教育》2011年第4期。

莺，欲掳走她；张生试图保护莺莺，最后从梦中惊醒。前面是一个风月无边的故事，后面是一场惶惶然的大梦，梦里梦外，俱得以呈现。这个原本流俗的故事，因为这个"原来是一场大梦"的结尾，一下子变得厚重了，整个故事不再是爱情故事了，而是人生故事，是佛教故事。对我而言，传统就是埋在《西厢记》里面的这种精髓，它们一直存在着，但长期以来我们缺少诚意和耐心去捕捉和发现，这些精髓其实是我们的造血干细胞……①

这才是《春香》骨子里流淌着的"传统"血脉。从《春香》的视野放眼望去，最亲切的面容不是《春香传》，而是《西厢记》！《春香》所愿意承续的"传统"，也不是才子佳人、风月无边的故事套路，而是这种借"故事"来体认和传达人生真相、存在奥义的叙事传统。换句话说，传奇也好，庸常也罢，将梦境与写实杂糅并置，奇正相生、虚实相映，以期洞察人生真谛，方才是金仁顺所体悟到的中国文学传统的"造血干细胞"——这里举的是《西厢记》的例子，但在中国文学中，最能展现出此种人生之"真与假、有与无、事实与虚构之间吊诡缭绕"关系的伟大作品，莫过于《红楼梦》②。金仁顺之所以不提它，或许是因为关于《红楼梦》，该

---

① 金仁顺：《文学与传统》，《当代作家评论》2012年第1期。
② 李敬泽：《〈红楼梦〉影响纵横谈》，《红楼梦学刊》2010年第4辑。

说的、能说的和想说的都已被说尽。但她以最大的诚意和耐心所捕捉、发现的传统精髓，无疑在《红楼梦》中才有淋漓尽致的呈现，这是题外话。金仁顺这次发言是在2011年10月，但我相信，这种小说观念、人生体悟在她以往的创作中就已埋下伏笔。金仁顺善于处理爱情题材，但"爱情"似乎并非其创作的主题。以爱情为剖面，扫描恋爱、婚姻和两性关系中男女的机心，抓住某个片刻、兴会加以点染经营，洞幽察微，体味人生的玄关妙理，才是她着墨用心的意趣所在。她对小说形式的经营，常常体现出一种"故事中还有故事，意思中复加意思"的机巧。比如《玻璃咖啡馆》《水边的阿狄丽雅》《桃花》《彼此》等颇受称道的中短篇小说，都有一种恍兮惚兮、亦真亦幻的形式特征。叙事者的视角，时而当下、时而过去，时而讲述生活事实、时而呈现不同眼界中的生活现象。这种形式不断揭示出生活本身之出人意料的戏剧性、偶然性，正如《桃花》中所说，"亦古亦今，一脚戏里，一脚戏外"。"人生如戏"，是金仁顺小说中雄踞于爱情、婚恋之上的更大主题。

由此反观《春香传》，其主题之单一、结构之简单，自然不足以承受"人生"的厚重①。《春香》颇为精巧地承续了《西厢记》《红楼梦》《桃花扇》《浮生六记》等传统文学

---

① 金仁顺等：《关于长篇小说〈春香〉的对话》，《作家》2010年第12期。

经典所开创的那种奇正相生、虚实相映的叙事模式。它刻意突出了"传奇"的氛围，巧妙地把传奇故事和生活事实穿插起来——在民间艺人的说唱故事和好事书生们笔下，香榭是"用爱情搭建起来的爱巢"，翰林按察副使和李梦龙都是忠贞不贰的多情种子。而在香夫人和春香的生活世界里，事实却是已有妻室的没落贵族翰林按察副使强占了药师的女儿，也就是后来的香夫人，一厢情愿地砍掉了药铺周围的桃林，挪用官银建造了华丽的香榭，东窗事发后狼狈逃走，死在回家的途中；急色薄情的贵族青年李梦龙受到香夫人盛名的诱惑，来到香榭，误把春香认作香夫人，事后也像翰林按察副使那样没有担当。他们不过是"没名没分地闯进这个家里来"，又悄无声息离去的薄幸之徒罢了。小说中说，"寒天饮冻水，点滴在心头"，或许只有香夫人和春香，这两个浮华绮丽的爱情传奇的当事人，才能体味到被才子佳人、花好月圆的故事遮蔽的荒唐和辛酸。也就是说，"传奇"脱离了主角的生活感受、人生体验，成了众声喧哗的世界中不断自我增殖的本体。故事虽然跌宕起伏、摇曳生姿，却与当事人的复杂纠结的情感体验、真实鲜活的生活经验了无关系。正如小说所言：

> 从《春香歌》在太姜嘴里诞生的最初时刻，春香的故事就不再是一个年轻女子私人的故事了。

这样，华丽空旷的传奇故事与紧张密实的现实生活之间形成了巨大的落差和内蕴丰富的张力。往返于其间的当事人时而触碰冰冷坚硬的现实，时而又不得不设身处地、依照传奇异闻的想象和规约来扮演角色。香榭，连同这个精致的舞台上所上演的一场场爱情大戏、悲欢离合，都不过是"假作真时真亦假，无为有处有还无"的邯郸一梦罢了。小说如此形容春香对生活的体验："每一步路都像走在棉花上面，醒时好像在做梦，梦里又好像是醒着。"——这就约略暴露了《春香》与《西厢记》《桃花扇》《红楼梦》《浮生六记》等在精神上暗通款曲的神髓："说到辛酸处，荒唐愈可悲。由来同一梦，休笑世人痴！"

从这种意义上说，《春香》以"传奇"始，以消解"传奇"终，它对风月情事的铺陈与嘲弄、对"传奇"故事的营构与拆解，实则将"传奇"之"奇"，由故事、题材之"奇"，转换成了小说的形式美学之"奇"。金仁顺正是借由这种在中国文学传统中捕捉和发现到的形式美学的"造血干细胞"，完成了她在当代小说场上的一次奇异化的自我显示。

三

《春香》写出了生活的实与虚、经验与真实的悖谬，继而把种种附加在人生之上的美好想象和许诺都打入虚妄之境。这是一种在叙事精神上向传统致敬的策略。但如同前文所论，在具体的故事结构上，《春香》又与传统拉开了很大的距离。在《西厢记》《桃花扇》《红楼梦》和《浮生六记》等古典作品时，人生的虚与实、真与幻是浑融一体、难以辨识的，直至作家鸣金收兵，"白茫茫一片大地真干净"，我们才恍然大悟，感受到人生原来如此虚妄无力、荒唐幻灭——"原来"是阅尽繁华、九死一生后"渐修渐悟"式的洞见，是水落而后石出、曲终而后奏雅。而《春香》则无意于匿影藏形，它彻头彻尾地保持着对人生之虚幻的警觉，刻意将"传奇"从生活真实中剥离出来，香榭里的生活事实与有关香榭的流言传闻泾渭分明，似乎一鸣锣开场，就定下了人生本来就是大梦一场的基调——"本来"是一种参透先机、成竹在胸的"顿悟"气质，是开门就见山、直捣黄龙府。于是我们在《红楼梦》等对人生之浮华与苍凉的摹写中，能品味出厌弃与留恋、决绝与追忆的复杂情绪，然而这些在金仁顺的叙述中无迹可寻，《春香》呈现出一种冷漠的奇观，它隐约贯穿着一种被抛的、无所依傍的孤独感。这种惶惑、痛楚和孤独不是潜变渐进式的，而是生前命定、与生俱来的。

这是现代生活的赐予。金仁顺曾说，写作是将过往生活进行"碎片整理"的过程。作为"70后"生人，比起前代作家，她与世界建立关系的方式是简单的，而这关系本身也更脆弱。她的成长中"没有上山下乡，没有炼钢和自然灾害，也没有大字报和右派"①。这固然错过了投身和参与历史情境、与历史和社会建立更紧密的关系以及获得更丰富的生活经验、写作资源的机会，然而，这也使她避开了社会运动和意识形态的召唤，获得了更多从个体、自身的眼光观察世界、况味人生的可能性。历史的戏剧性在于，她虽然错过了中国当代史上那些壮怀激烈、激越澎湃的重大时刻，却在人生成长的关键阶段，迎头遭遇了90年代市场化、商业化浪潮的袭击。它撕掉了蒙在人际关系、社会游戏规则之上的温情脉脉的面纱，把个体直接暴露在欲望、金钱、权力相角逐、倾轧的势利场中。正所谓"一切坚固的东西都烟消云散了"，维系个体与他人、社会之间关系的，似乎只剩下了形而下的物质和欲望。金仁顺所整理的"生活碎片"，大都是现代都市灯红酒绿的酒吧、咖啡馆中被欲望、孤独所操控、折磨的人生与世相百态。她的许多小说，都流淌着一种个体被抛入市场、商品关系和欲望逻辑中的孤独和痛楚。在表现这种孤独和痛楚时，她不愿和光同尘，用"这就是生活"这种类似于意识形态的观念来解释一切人生困局，也没有锋芒毕露，以人文精神的高蹈姿态来批判生活的缺陷，而是冷眼旁观，在浮世万象、生活百态的描绘中探讨人生的走向和归宿。这就是她小说中经常闪现出的生活"形式"与人生"命

---

① 金仁顺：《之所以是我们》，林建法、徐连源主编：《中国当代作家面面观——寻找文学的魂灵》，春风文艺出版社2003年版，第460页。

运"的问题。有评论家注意到,金仁顺笔下的人物"没有一个是内心平静的,几乎人人都是带着心里的伤痕在寻觅也在逃避,在狂欢也在流泪,在追求也在拒绝"[①]——这里所说的寻觅、狂欢、追求,就是指生活的"形式",而这种形式所逃避、拒绝的,则是那种为欲望、金钱、权力等一切异己力量所宰制的宿命。前面提到的小说《水边的阿狄丽雅》中称,"什么是命运?……有时候就是几片破茶叶","形式改变不了命运"。这种人生体悟在《春香》中被阐发到了极致:香夫人为避免春香重蹈自己的覆辙,费尽心机,请来盘瑟俚艺人和一大帮好事书生,让他们编造、传播春香与李梦龙的爱情传奇,以期借舆论击溃贪婪逼婚的卞学道,唤回薄情公子李梦龙对春香的兴趣。然而,当故事的狂欢和舆论的风潮膨胀到极致时,春香却接替了母亲,成为香榭的新主人——香夫人对命运的反抗,非但未能颠覆香榭作为一个情色与艳异之地的神话,反倒使得它因了这些绘声绘色的故事,变得更具魅惑。正是这种类似于宿命论的"形式改变不了命运"的先见,消解了《春香》之成为一部充满崇高意味的悲剧的可能性。

既然如此,人生的意义何在?过往的生活碎片、一切顺从或屈服于命运的生命形式,就像西西弗斯周而复始推着巨石上山的举动,不过是"徒劳无功和毫无指望的苦役"罢

---

① 阎晶明:《金仁顺近期小说解读》,《文艺争鸣》2007年第6期。

了①。整理碎片的写作，也只能贴上"荒诞""绝望"的标签。这或许是许多后现代文本所呈现出的碎片化、拼贴式叙事迷局背后的人生困境。

前面说过，《春香》在叙事上虽然呈现出某种解构倾向，但在故事结构上却并未落入后现代的套路。究其原因，就在于金仁顺在小说中发展出一种以"审美"为核心重建生活整体性的叙事和人生观念。《红楼梦》中说，"世事洞明皆学问，人情练达即文章"。在金仁顺笔下，春香就体现出这样一种将人情、世事看作"学问""文章"，也就是精神和审美体验对象的人生态度。在春香眼中，香榭里的生活，以及与香榭有关的此起彼伏的流言传闻，都是随缘而来的体验对象，人生的目的，似乎也止于体验生命与生活的诸种"形式"，而不是反抗命运的安排。春香自小就不食人间烟火，反而对花花草草的色泽、味道极为敏感。她精通药草，潜心研制能令人遗忘记忆的药水"五味"——通过"味道"也就是感性的体验来寻求解脱，是整部小说最为关键的隐喻——香夫人最终饮下"五味"而失忆，获得了解脱。然而，这种依赖"药物"的解脱始终是不自由的，春香则将这种高浓度的"味道"稀释、浸润到日常生活的动静举止中，转换成一种人生态度，以审美的目光和心态接人待物，静观

① [法]加缪：《西西弗斯的神话》，《荒谬的人》，张汉良译，花城出版社1991年版，第153页。

人情冷暖。比如小说中的一处细节：销声匿迹多年的金洙回
到香榭，春香喜不自胜。尤其是当他说"春香一直都在我心
里"时，春香更是"高兴得连心都疼了起来"。然而，顷刻
间她便知晓，金洙的身份已然变成了"云游僧智竹"，他重
返香榭，不过是受到华而不实的传言的蛊惑，并非全然出于
对她本人的思念和怜爱。说白了，青梅竹马的金洙已经不存
在了，眼前的云游僧智竹与慕名前来的客人们并无二致。这
无疑是一次惊心动魄、痛彻心扉的情感跌宕！然而，春香却
是超常的隐忍和节制，她只是说，"我的心就像天边的太阳，
一直一直沉下去了"，"金洙对我微笑。他的笑容像一条河，
横亘在我面前"。前文说过，太阳照常升起，然而春香对爱
情的信念，却被横亘在她与智竹之间那条洋溢着微笑的河流
彻底冲垮，再无冉冉升起的可能。小说写道：

> 我披衣出去，茶桌上放着一杯新沏的莲花香
> 片，水温不凉不热，入口后茶香清爽，直透肺腑。
> 我捧着那杯茶，从清晨一直坐到太阳升起来，我
> 注视着花草间的雾气被阳光一层层地蒸发掉，手里
> 握着的那杯残茶凉透以后，在水面上凝留下一股
> 冷香。

在我看来，春香就像索尔·贝娄小说中的塞姆勒先生，
"即使受了侮辱，感到痛楚，身上什么地方在流血，也决不
明显流露出一丝愤怒，决不悲痛地号哭，而是把心痛转化成

为细致的甚至透彻一切的观察"①。这正是一种对于现代生活之命定的疼痛、孤独的回应。只有当人与人、与社会之间的心理依赖变得极为脆弱甚至可疑，个体的体验和感觉才会获得前所未有的重视，才会成为体认世界、确立自我与他人及世界关系的最重要的管道。对生活和人生抱定这种审美的态度，她才有可能从宿命的绝望与荒诞、生活的折辱与伤痛中解脱出来，整个生活世界才会像手中的那杯"残茶"，虽然满浸着冰冷的缺陷，却也能从中体验到"冷香"。甚至这冰冷、残缺和困境本身，都有可能转换成超出一己得失、近乎纯粹的审美体验。

与《红楼梦》中的贾宝玉、《桃花扇》中的侯方域和李香君、《浮生六记》中的沈复等比较，这些人物对人生"原来是大梦一场"的体认，都是积极入世、执着于生活，九死一生、事上磨炼而后的恍然大悟；春香的性情则始终不温不火，与生活若即若离、超然物外。《春香》在人物塑造、情感表达和审美气质上所呈现出的内敛与节制，与其说是一种古典想象，毋宁说是金仁顺对当代生活之难以正视又无法回避的困境和局限的回应。有人说金仁顺仿若"得道高僧，她冷眼看世界，冷眼看人生，不以物喜，不以己悲，一切都心

---

① [美]索尔·贝娄：《塞姆勒先生的行星》，汤永宽、主万译，河北教育出版社2002年版，第48页。

照不宣，有一种禅宗人定的感觉"[1]。现实生活中金仁顺是否如此我不得而知，这也超出了本文的考察范围，至少，在文学映像中，这一比喻是恰当的。

四

金仁顺敬惜纸墨，工于中短篇小说。《春香》的规模虽略大一些，在结构尚却也是一贯的轻盈纤巧。它采用了一种散文化的小说结构方式，把"我"也就是春香的目光，分解在上、下两篇的二十四个片段中。这些片段皆是兴会所致，由某个人物、事件或生活场景的惊鸿一瞥点染开去，而有关香榭之真实生活与传奇异闻的两条线索则迤逦其间。这样，香榭就成了一个既神秘又鲜活的所在，一个个剪烛西窗的浪漫传奇的消解，一次次香艳迷醉的幻象的澄示，支撑起《春香》沉静、隐忍、节制的故事讲述。

与其说香榭是一个女性生存的乌托邦，毋宁说它在抽丝剥茧、溯源探流，凭借对香榭生活的体认与同情，渐次稀释、消解了乌托邦的梦境——所以本文说它突破了为人生赋予某种外在价值和意义的现代叙事传统。然而，"梦醒了无路可走"更是绝大的困境和痛楚。对此，金仁顺做出的尝

---

[1] 吴义勤：《心照不宣金仁顺》，《纸上的火光》，山东友谊出版社2007年版，第300页。

试以体验和审美为救赎之道，寻求解脱于人生之荒诞、痛苦和孤独。这种文学尝试是解构的，更是建构的。对于读者而言，它的价值并不在于如何发掘了人性的复杂与隐晦、日常生活的局限与困境——若想洞晓于此，我们只需扪心自问或环顾四周，便可得到更为直接、充分的答案——而在于它在僵化、坚硬、冰冷、枯燥的生存现实之外，开辟了一个抵达人生解脱的自由、柔软、温暖、趣味丰盛的情感和精神空间。就像金仁顺本人所说，"写这些故事，就是我梦回故乡的方式"，"我用这些故事给自己营造了一个奇异的个人空间，一个寻梦之旅"①。

"梦短梦长俱是梦"，《春香》的"本来是梦"与《红楼梦》等的"原来是梦"孰优孰劣，似乎可以立判高下。但做这样的比较未免苛刻，它们原本就生长于两种大相径庭的生活情境之中，《春香》之所以在叙事精神上向后者的表达敬意，在艺术形式、技术的层面之外，更多的原因大概就在于，不论是传统或现代，人都要面对一个绝大的难题：如何在人生之荒诞无力中振拔悲苦、突围而出。这是《春香》之奇异化的"形式"背后的"意味"所在。这种形式及意味都提醒读者，读《春香》，正像读崔护的《题都城南庄》："去年今日此门中，人面桃花相映红。人面不知何处去，桃花依

---

① 金仁顺、张昭兵：《金仁顺：写作本身即是意义》，《青春》2009年第3期。

旧笑春风"——切莫像孟棨的《本事诗》那样执着、纠结于得失成败，大煞风景地杜撰才子佳人终成眷属的大团圆结局，只消对诗中所体现出来的风度和生活智慧灵犀一动，心领神会：乘兴而来，兴尽而返。生活和人生中注定遍布不可捉摸、难以料想的意外甚至悲剧，或许有一种"我们看不见摸不着但实实在在存在的东西"作梗添乱（《春香》），但若把它们看作一个个感兴、一次次审美体验，那即便握在手中的"残茶"凉透，也会在"水面上凝留下一股冷香"。

为自然立心

——读胡冬林《金角鹿》

胡冬林自称"一个慢火细炖的写作者"。他长年浸淫在长白山的林莽中，师法自然，潜心创作——正如他所言，"野花色泽教我用眼睛写作，鸟儿鸣啭教我用耳朵写作，蘑菇香气教我用鼻子写作"，由此形成了在当代文坛极具辨识度的五官感觉、文学思维和写作方式。

这种独树一帜的生活经验和文学创作，既奇特，又迷人，我们在《青羊消息》《蘑菇课》和《狐狸的微笑》中早已领略过；现在，胡冬林又贡献出他的长篇散文新作《金角鹿》（《人民文学》，2016 年第 3 期），再次刷新了我们对这种独特的"生活创作学"（张未民语）的认识——一头称雄于长白山原始森林的马鹿群长达六年之久的鹿王，凭借自身"顽强的求生意志、聪明头脑和强健体魄"，多次挫败人类的狩猎，最终以激烈、悲壮的自戕与盗猎者同归于尽。鹿王与猎手的数次交锋，让我们想起胡冬林此前长篇小说《野猪王》中那头名为"二将军"的野猪，它在短短的二十余年生命历程中，多次与人类殊死周旋，最终慷慨毙命……在胡冬林笔下，不唯动物，长白山原始森林中的一草一木、自然万物，都被赋予了生命的尊严。自然，在胡冬林的眼中，是一片生机抖擞、情趣盎然、律动鲜活、生死相续，拥有"自己的历书"的生死场。就此而言，胡冬林的写作，就是在破译"森林的历书"，就是在为自然立心。

提及"自然"，我们不难想到这个在汉语传统中居于核心地位的重要范畴所积淀的广大精微的哲学和美学意蕴——自然是天地万物自在自为的本然状态。正所谓"天生万物，惟人为贵"，这里所说的"物"，是逻辑学上的"大共名"，它既涵盖了我们目见耳闻一切客观事物，又包括人自身；它既指向现象世界的大化流行、生生不息，又构成了这大化流行、生生不息的本体之"道"的内在规定性。老子说，"有物混成，先天地生"，这"独立不改""周行不殆"的混成之物，即是道；他又说，"道法自然"，所强调的正是宇宙本体自在自为的存在方式。而庄子所言的"顺物自然"，以及陶渊明所咏唱的"久在樊笼里，复得返自然"，则是力求在生活和社会实践中摒除人为、顺应自然，进而摆脱物欲情累，达到身心的自由之境。这自由之境，就是包括人在内的"物"的本然且理应如此的存在方式。显然，胡冬林所言的"森林的历书"，就是《金角鹿》中不断申述的各类动植种群从生到死"都进入森林生态循环"的自然历程:"早在人类进入深山之前,众多兽径早已遍布山林。和人类社会一样,各类野生动物都有自己的领地和行走路线,像熊径、狼道、狍路,连野鸟都有鸟道和领空,其中包括巡猎、觅食、饮水、求偶、逃生等路线。同时,它们还有公共社区和交通网,如洗浴场、游乐场、草场、迁徙之路。"它们在这丰饶的原始森林中互为目的、共生共荣、生生不息。

然而,正如《金角鹿》中所描述的那样,"后来人类进入山林……","森林的历书"就被粗暴地打乱了。"自然"也由此演变成了我们通常所说的"大自然"。大自然之"大",所蕴含的并非价值判断,而是一种认识范围指称;大自然之"自然",也不再指向天地万物自在自为的本然状态,而是指人类之科学理性的认识对象。人从自然万物中超离出来,成为高高在上的、拥有理性认识能力的主体;自然则沦为满足人、服务于人、证明人类理性能力的对象。就像德国启蒙哲学家康德在其著作《纯粹理性批判》中所说的那样,"人之于自然,并非如学生之于老师,而是如逼供者之于囚犯。人拷问自然,逼迫其回答人想要的答案"——因为是"人想要的答案",所以"自然"的大化流行、生生不息之"道"蜕变为"客观规律";"有情"的万物则沦落为纯粹的物质对象。从"自然"到"大自然"的变化,是自然之神秘莫测的价值、魅力、趣味不断剥落的过程,是人类逐步自命为地球乃至宇宙中心的过程,也正是长白山中的马鹿、野猪、黑熊等野生动物日渐濒危的灭亡之路。一言以蔽之，自然被人类的科学理性祛魅，它所导致的恶果，就是胡冬林在《金角鹿》中所展现的令人触目心惊的事实：原本生机勃勃、丰茂繁盛的原始森林如今变成了满目疮痍的停尸场！

胡冬林多年来"半个森林人半个写作者"的生活和写作，用其《原始森林手记》中的说法，是试图"以生命聆听生命"，"谛听所有人都听得到的自然之声中的所有人听不到的内在之声"。在我看来，这种"聆听"，就是要为自然立心，在被祛魅的、物化的大自然的肌理深处，发现并重构其神秘性、神圣性、魅惑力。他深入原始森林寻访鹿迹、谛听鹿鸣；他在旧石器时代岩画、古萨满文化遗迹和《诗经》《庄子》等经典文献中寻找马鹿的形象；他从向导口中打探鹿王的传奇……经由这多重方法，一部混杂了原始宗教、巫术、自然哲学、美学和伦理问题等多重意蕴的马鹿种群的生存奋斗史浮现在读者面前。"呦呦鹿鸣"作为一曲"北方森林的灵魂乐章"，其所蕴含的情感和价值底蕴逐步显现：

> 声音初起乐段尖细婉转，分明是一种切切倾诉，小男孩难为情的悄声低咛，羞怯中带点埋怨，娓娓细述对母鹿的长久思念。长长的呦呦声渐上扬，声息绵绵，道出难以掩饰的渴求，表达开始大胆炽烈：来吧，快来相会，和我相爱，幸福在等着我们。传达出它的殷殷相邀。当婉转起伏的低吟响起时，转入饱含深厚力道的第二声部。持续低沉的

叫啸放宽并高昂，霸气毕露，牛吼般宏大且具坚实的金属声，是豪气万丈的自我宣言：我是身经百战的角斗士，胸宽体阔，正值黄金年龄，强大的犄角能撞碎山岩，蹄声震动大地，能同疾风赛跑，飞身跨越山涧，众多公鹿败在我的脚下。我拥有水肥草美的领地，养育数不清的子女，我将保护你和孩子生活平安。随着叫啸渐渐达到顶点，达到第三声部高潮。它释放出全部力气，宽幅声波像一面无形巨旗，声震四野，直冲云霄，汇成傲视群雄的天地告白：这里是我世代相传的家园，我将打败所有对手，拥有年轻的母鹿群，把热血和生命传给后代……收尾的啸声又转深沉重浊……再次强调自己走向王者巅峰的决心。

三个声部，洋溢着充沛的生命激情，混杂了欲望、情感和意志：繁衍种群的欲望、两情相悦的情思、刚毅不挠的意志……这种描述与其说是创作方法上的移情和想象，毋宁说源自胡冬林对他所痴迷的万物大化流行、生生不息的自然之道的体悟，源自生命本身令人欢欣鼓舞、迷醉癫狂的魅力与尊严。胡冬林将它比喻为"地球本身发出的声音"，"远比人类乌七八糟的声音更古老更伟大更美丽更永恒"。在我看来，这神秘、神圣、充满魅惑的自然之声，就是胡冬林的写作所挺立的自然之心。

《巨虫公园》：向着"物外之趣"的写作

《浮生六记》的"闲情记趣"中，有一段记述童年经验的文字说：

> 余忆童稚时，能张目对日，明察秋毫；见渺小之物，必细察其纹理，故时有物外之趣。

这里说的"物外之趣"，如"以丛草为林，以虫蚁为兽，以土砾凸者为丘，凹者为壑"等，沈复得意扬扬地说自己"神游其中，怡然自得"。

如果内心有沈复的这种闲情，这种慧眼，那么读胡冬林先生的《巨虫公园》，我们也能沉浸、徜徉在这种"物外之趣"中忘乎物我，怡然自得——所谓"物"，是一个认识论的概念。古人说，"盈天地之间者唯万物"（《周易·序卦》），连人都是万物之一，所以庄子才说"吾在于天地之间，犹小石小木之在大山也……号物之数曰万，人处一焉"（《庄子·秋水》）。从这种意义上说，"物"是无差别的认识对象，是泯灭了特点、个性和趣味的客体，物本身的貌、象、声、色虽然不以人的意志为转移，但它们在人的认识中无疑是趋于同质化的。人们认识物、分析物的目的，就在于穿透貌、象、声、色等感性的迷雾，抵达一种自以为是的理性的真实。这样做的代价，就是牺牲掉了物本身所充盈的感性的、审美的惊奇感和趣味。而追求"物外之趣"，就是要把人对物的态度，从单纯的理性的、实用的紧张和焦虑中解放出来，用马克思的话说，就是"作为一个总体的人"通过恢复与物之间的视觉的、听觉的、嗅觉的、味觉的、触觉的等感性的关系，"占有自己的全面的本质"（《1844 年经济学哲学手稿》）。

在中国文学传统中，铺陈物、感受物、体验物，充分调动人的感性知觉来体味和呈现"物外之趣"，向来具有一定的分量。比如汉赋、魏晋以来的咏物诗词、明清小品文等，张未民先生曾经把这种文学源流，概括为"体物"的文脉。进入 20 世纪以来，在启蒙、救亡、建设、改革和发展等主题一脉相承的历史氛围中，中国文学的"体物"的文脉一度式微，与之相应的是"人的文学"的绝对主流地位的确立——这当然是历史的选择，是时代的吁求，但不可避免地带来了许多负面的影响，比如我们把写作的目光聚焦在探讨人性的深度和社会生活的广度上，却忽略了在人性、人生和社会以外的更为广阔、丰富的存在，因而我们的审美经验也被局限在以人为核心的人生和社会的领地内。在今天看来，这无异于作茧自缚，错失了与自然万物亲密接触才能体验到的活色生香的审美体验，错过了活泼泼的"物外之趣"。

正如张未民先生所说的，胡冬林先生的创作，是对上述"人的文学"的新文学传统的反拨，是一种立足于新的生活观之上的新写作观。这样的"生活创作学"，尤其注重"物外之趣"的烛照与体察。他的《野猪王》《蘑菇课》《狐狸的微笑》等，向来被誉为当代中国生态文学的代表作品——所谓"生态文学"的说法，虽然体现出一种以"生态"为中心的观念趋向，但归根结底，首先是文学。而文学，是离不开经验、审美和趣味的。这些作品，之所以倍受赞誉，首先奠基于它们所充盈、洋溢着的"物外之趣"。《巨虫公园》就更是如此。在这部作品里，最先吸引我的，就是原本平凡无奇、被忽视、被践踏的草木、昆虫以及自然界的一呼一吸，都呈现出别样的姿色，都展现了天工开物所带给人的审美惊奇。这种万物有情、有趣的文学景观，在当代文坛是别树一帜的。如该书第十部"艰险归途"中写道：

> 大自然神秘的声音很多。仔细听去，它们就像远方城市传来的爆竹声，此起彼伏。原来，在雨夜的夜晚，植物世界竟如此热闹。
>
> 时而，从头顶上方传来啪的一声，如同一声枪响。那是一枝月见草的花苞，在月光的浸润下，绽放开来。因为这种花在月光下开放，它还有个好听

的名字，叫月见草。

　　……时而，从地下传来啵啵的颤音，宛如虫儿在钻洞。其实，那是不知名的各种草籽，在轻轻裂开，抽出一瓣瓣的嫩芽，张开两片的小绿手，静静地拱出地面……

　　这段文字，仿若《庄子·齐物论》中对"大块噫气"奏响天籁的演绎，借用胡冬林先生自己的话说："这是世间最美妙的音乐，是远离尘世的纯粹的宁静，是活生生的大地的声音。"胡冬林就是以这样一种超越了以人为聚焦中心的文学方式，呈现出自然万物活生生的纯粹之美。这显然不是所谓"儿童视角""童趣"等说辞所能完全概括的，而是表明了一种与物偕行、体物之妙的世界观和文学观。

文学把人生照亮了

——评高君的小说创作

从 2003 年发表第一个中篇《心中有个王兆花》(《鸭绿江》2003 年 1 期) 以来，高君已在小说的道路上生活和探索了八年。八年来，他凭着一种对于文学百折不回的信仰，创作了四十余部中短篇、两部长篇小说。从《如花的红裙子》(2004) 到《伊人》《流逝》(2006)、《取暖期》《楚河汉界》(2007)，再到《阳台》《父亲》(2008)、《信使》《渐入佳境》(2009) 和《幸福生活》《郁达夫的情书》(2010)，高君的小说在题材选择、思想传达和艺术表现方面一再突破，其不懈的探索令人时有耳目一新之感，他的名字也时时出现在各种重要的文学选刊、年度选本和重要文艺奖项中。

正如批评家洪治纲所言，高君是一个有着"良好的道德感"和"纯正的文学趣味"的作家。与许多作家令人炫目的出场方式不同，他的小说"不语怪力乱神"，始终聚焦于日常生活经验的传达，在世俗人生的常态和边缘之间游走，进而发现生活的真相和人心的复杂性——生活的真相之中既有生存的困顿、无奈、感伤，又有始终令人魂牵梦绕的温暖、诗意和希望，它们在高君的小说中水乳交融，展现出一种回归生活本源，又努力突破生活困境和局限的文学气质。生活的痛感，边缘经验的冷却、静穆化处理和内敛、倔强的主体意识，构成了高君小说引人入胜、耐人寻味的诗性品质。

一、生活的痛感：追忆似水年华

高君之引起评论界的关注和青睐，缘起于他对小人物凡俗人生的体察和况味。他的中短篇小说集《段落》中的大部分篇章，如《伊人》《有风吹来》《如花的裙子》《春天的迪斯科》等，以坚实的生活经验展现了底层民众在时代、生活之流裹挟下不由自主的疼痛、屈辱、无奈和感伤，因此，有人将高君的小说命名为"底层文学""穷人的诗学"①。的确，"痛感"是这些小说无一例外所传达的生活经验。然而，与通常意义上的"底层文学"对苦难做极致的展览和渲染不同，高君的小说在痛感经验背后，尚有一种追忆、回望、纪念的情思凝结：追忆似水年华，凝视过往岁月，将自己亲历的生活、逝去的青春、被岁月尘封的情感和精神铭刻下

---

① 吴秉杰：《"呼吸的感觉和穷人的诗学"》，高君：《段落·序》，作家出版社2008年版，第1—4页。

来……这种明确地写下自我的意识，使高君的部分小说体现出一种现实生存状态与自我精神自传合而为一的特质。

在小说处女作《心中有个王兆花》中，高君写道："事隔多年，当我于繁闹的都市一隅，重新回望那一段短暂而遥远的时日，王兆花茁壮的身姿逐渐变成一个纪念的符号。我知道，重新回忆 1992 年，是怀念我自己年轻的日子，或者说，我想拾起那些被自己极轻易丢掉和挥霍的时光。"1992 年，是中国现代史上一个值得大书特书的年份，这一年，邓小平发表"南方谈话"，市场经济在中国全面铺开，改革开放的步调迅速加快……也是从这一年开始，中国人的价值观、人生观、爱情观发生了激烈动荡，为生存而奋斗的意志在金钱、物质的刺激下膨胀为无所不用其极的金钱拜物教，爱情、尊严、道德在席卷一切的经济狂潮中变得委顿无力。高君的小说并未直击复杂的社会乱象，而是以小说人物的生活情境、现实取舍、内心感受，将大时代中小人物风雨飘摇的情感体验和精神历险呈现出来。"木香镇"，这个曾以木材生意繁华一时、在 90 年代走向没落的小镇提供了绝佳的舞台。短篇《伊人》中，银行小职员"我"与招待所的服务员李潘同病相怜，互相爱慕，又各怀心事。我为妹妹的生活和疾病苦恼，李潘则因为母亲和不懂事的弟弟而奔命，爱意在两人不温不火的试探和生活困境的磨砺中逐渐冷却。高君在这篇小说中着重展现了身处时代变局、社会转型中旧体制下的"弱者",如何为生存而挣扎奋斗,却身陷欲望、金钱、物质陷阱的人生轨迹。小说中说,"生活充满了刺激,紧张得令人哆嗦,兴奋得让人昏迷"——在既往的生活面前,"我"既是亲历者,又是旁观者,这种双重的视角的重合使小说既没有像"新写实"小说那样陷入日常生活支离破碎的经验碎片中无法超离,又不至于站到生活的对立面进行金刚怒目式的批判,它所传达的是一种对生活的了解与同情,不仅洞察生活局限,而且体味生活的温情,不仅展露生活的表象,而且剖析生活内在的机理。在过去的经验与现在的沉思、回味中,追忆似水年华的写作也就成为一种与生命历程和心灵跋涉的对话。

所以,高君在小说中不回避各种尖锐的人性冲突,不惮于揭露生活的丑陋和阴暗,但他始终不忘还原生活的复杂情境,在细节的营构中凸显生活的局限及其对人的人生道路、生活抉择的影响。在中篇《有风吹来》中,刘海对婚姻不忠,与人偷情,马兵挪用银行备用金并与一个有钱女人不清不白,肖越步上刘海的后尘,武力则与人合谋盗走银行巨款……有评论认为,"高君借此直面人性的溃败之处,是以否定性的姿态以期引起疗救的注意",这种人文精神固然是小说的精神向度之一,但它忽视了卑琐的劣迹背后某些具体、细微却对人物选择影响至巨的生活情境、情感经验和内心纠葛,而这正是高君的着力之处。比如县行行长有两个小儿麻痹的女儿嫁不出去，于是他"看上谁就把谁弄到下边来，想回县行先做姑爷，不做就在下边永远凉快着"，刘海就是行长的女婿，马兵的妹妹因为失败的工业开发而患上白血病，肖越将宝贵的回城机会让给同事却被女友抛弃……这些细节在小说中起到了语境还原作用，人物的情感波动、心理境况和性格走向因之变得触手可及，生活痛感与其背后蕴藏的不可磨灭的亲情、友情以及对幸福生活的憧憬、希望交错并行、秘响旁通，赋予"追忆"本身以一种审美化的沧桑感。

短篇《流逝》是高君最为精彩和感人的小说之一，它集中展现了作家在日常生活的晦暗之境发掘人性光芒和生活暖意的能力。"我"与望子成龙的父亲之间的紧张关系，因为家境的贫困、"我"的叛逆而剑拔弩张。然而父亲并未因贫困、失望和愤怒而放弃对"我"的期望，他的爱、期待、坚忍，就隐藏在抛向"我"的冷言恶语中——这是小说匠心独运之处，它既让敏感、倔强的"我"体验到人生低谷的困顿和压抑，又让"我"发现生活的力量和希望——这就是"爱"，它不因时光的蹉跎而减损，也不因痛感的叠加而埋没。

这大概就是逝水年华反复突入记忆中心的力量所在。

二、边缘经验的冷却、静穆化书写

所谓"边缘经验"，指那些超乎生活常行日用，在生活主流和常态之外的非日常的生活经验，比如疾病、死亡、畸形的情爱、偷窥等。当下文坛尤其是先锋文学和新近兴起的部分类型文学，对边缘经验的展示和炫耀已经达到了无所不用其极的地步，比如在被某些评论家誉为"当代小说二十家"的作家那里，情色、暴力、变态、死亡、乱伦、同性恋等几乎成为某些作家得以成就自身的符号性题材①。不可否认，上述边缘经验之所以进入文学，固然蕴含了作家挖掘人性深度、探讨生活真相的动机，然而他们处理题材时所采取的尖新怪谲、超乎一般人的想象和承受能力的处理方式，不可避免地使文学蒙上炫奇和欲望宣泄的色彩，令人啧啧称奇、望而却步。

可以说，避开自己驾轻就熟的日常生活，向边缘经验拓展，是一个作家寻求突破自身局限、实现可持续创作的重要途径，对于高君而言，尤其是这样。在高君的小说中，边缘经验也是重要的题材。《段落》《楚河汉界》和《渐入佳境》对疾病和死亡做出了思考，《阳台》围绕"偷窥"展开叙述，《信使》《红》《郁达夫的情书》处理了婚外恋、有性无

---

① 郜元宝：《"重画"世界华语文学版图？——评王德威〈当代小说二十家〉》，《文艺争鸣》，2007年第4期。

爱的同居题材，《歌唱》展现了男性之间复杂隐秘的情感纠葛……然而，与炫奇和欲望宣泄不同，高君对边缘经验的把握和处理采取了一种冷却化的方式，他让题材始终作为"题材"而非目的存在于他的小说中，透过它们静观、反省司空见惯事理已明的人生，并由此达致一种对于生命的质朴的、静穆的理解。

中篇《段落》展示了人对"死亡"的接受和理解过程。起初，面对妹妹的病情，"我"难以置信、无法接受，想通过善意的欺骗给妹妹带去生的希望。面对死亡，生活的趣味被一一发现，被岁月的河流冲刷殆尽的青春记忆和生活理想重现眼前。然而，死亡终究是无法抗拒的。高君没有过分渲染疾病的痛苦和死亡的恐惧，而是借助妹妹在有限的生命空间中增加生活密度的行动，向我们展示了生活的美好，如他所言，"死把生活照亮了"。小说结尾，"我和妹妹一齐安静下来。就像安静地等待往昔的时光重现，或者安静地等待奇迹发生和死亡来临一样"——这样，人从对于死亡的原始的、自然的恐惧中解放出来，得以自由、审美地面对生活。《楚河汉界》中，从母亲病重的那一刻起，"我"就发动所有力量为母亲的死亡做准备，置办寿衣、棺椁和琐碎的物件儿。在这篇小说中，"死亡"几乎成为一个期待已久的仪式，它意味着解脱和自由的狂欢，人在现实生活中所感受到的局限、桎梏被一一打破，在死亡的仪式举行那一刻获得充分解放。

从这种意义上说，高君对疾病、死亡的展示，不应遭受"没有信仰、没有思想"的指责。相反，他把信仰和思想寄托在世俗生活的理想和幸福之上，而不是没有人间烟火气息的宗教和玄学之上。因此，他对边缘经验的处理，从不占据道德的制高点放言高论，也不依赖漫无涯际的想象获得宣泄和满足。遵循生活的逻辑、展现生活的局限、保持对此岸生活幸福的关注，使他保持了一种纯正的文学和思想趣味。短篇小说《阳台》和《信使》分别处理了"偷窥"和"婚外恋"的题材。《阳台》中退休老头儿贾百因为隔壁邻居将浴室单向玻璃装反的偶然性事件，陷入偷窥欲望和道德焦虑的折磨；《信使》中赵学新因偶然介入校长和一个女老师的婚外情而惶惑不安，自己却被丈夫的背叛送入坟墓。这里的生活偶然性和边缘性事件，分明不是"生活在别处"的乌托邦寓言，借由它们，高君把读者的目光拉回生活的现场，在求解生活真相的同时，将一种质朴无华的理想注入生活的土壤。

在这一方面，短篇小说《红》《郁达夫的情书》和中篇《幸福生活》形成了一种耐人寻味的参照关系。在《红》中，出身寒微的罗西渴望摆脱农村人的"土气"，拥有体面的城市生活。然而，她可以改掉自己的名字、可以斩断与农村亲戚的关联，却无法摆脱根深蒂固的"贞操"观念的困扰。婚后，她对丈夫的婚前情爱史纠缠不放，二人的关系也仅止于频繁的性行为，并无情感和心灵的沟通，终于导致丈夫与婚前女友死灰复燃。《郁达夫的情书》中，女人董平为了寻找失落了七年的爱情，巧设了与她的第一个男人吴克的邂逅，二人迅速同居。对真相并不知晓的吴克在抄写《郁达夫情书集》时坠入对榨干了生活质地、超拔空灵的爱的渴望，他的"身体变得就像一片羽毛，不能承受任何之轻。大脑则变成一汪清澈剔透的水，容不得半粒杂尘"。于是，原本依赖于"段子"的刺激才能维持的性能力，在这种想入非非中彻底丧失。这两篇小说无疑可以进行多重的解读，比如城市与乡村、传统与现代、灵与肉、爱情与欲望的冲突制衡等，但它们无疑都有一个明确的指向，那就是一种外在于生活本身的观念作祟，如何令人忘却当下的生活、堕入空虚和焦虑的深渊。

发表于 2010 年的《幸福生活》（《钟山》第 6 期）将"空虚和焦虑"的根源直指人心，由内而外地探讨了生活中种种"不幸"的由来。大龄残疾女性王玉梅遇事总瞻前顾后，残疾的右腿成为她无法逾越的心理障碍。遭遇心仪的青年白羽后，她非但未能体验到共同生活的幸福，反而在焦虑和忙乱中不能自抑；直到后者毁容，二人才找到心理和情感平衡，所谓"幸福生活"，只因当事者诸多庸人自扰的顾虑而变得难以企及。这篇小说发掘了人的心灵、情感世界的丰富性和复杂性，在向人物的内心掘进上达到了前所未有的深度和广度。

三、内敛和倔强的诗学

高君并不擅长或者说无意于讲故事，他的小说具有浓烈的抒情性，在一种内敛的、略带感伤而又坚定倔强的节奏中展开叙述，人物的内心感受和情绪波动是推进小说叙事的动力。他的小说中大都有一个性情化的抒情主体，比如"木香镇"系列中的段品红、《渐入佳境》中的罗兰、《流逝》和《百花深处》中的"我"、《幸福生活》中的王玉梅……这个抒情主体具有一种天然的敏感，无论在日常的人情世故，还是极致化的边缘经验中，他都保持了行动的节制，并体现出顽强的思想和反思力。这使高君的小说体现出向着自我的、内敛的自由化写作倾向，并在文体上呈现为散文化的风格。

这种写作倾向和文体风格，至少让我们联想到两种文学现象，一是"先锋"写作，二是"跨文体写作"。二者在时间和文学实践的侧重点上虽有一定跨度，但在"形式本体"方面无疑保持了一贯的连续性。高君的小说中的确带有一些先锋倾向和意味的作品，比如中篇小说《荡漾的背景》和《百花深处》的叙事视角在过去与现在、历史想象与现实经验之间的转换，让人体验到一种由形式探索带来的恍如隔世又宛在目前的审美感观。然而，从总体上说，"形式"在高君小说内敛、倔强的抒情主体面前，还是居于第二位的。他的自由化的写作基本上围绕主体的体验、感觉和思考展开，"文因情而生"，而非"为文而造情"。

因情而生文，高君锤炼出一种切合生活情境、具有生活底蕴、力求准确传达生活经验和情感流动的不拘一格的小说语言。比如《流逝》篇首的一段："我漫长的读书生涯在父亲眼里，就像一场永远也看不到终点的马拉松。他望子成龙的激情就像家里的钱一样，在被我一点一点地耗干之后，他的忍耐也终于达到了极限。他像一只被怨气充满的气球，和一包悬在头顶的TNT，任何一次轻微的触碰，即便是一句话，一声叹息，一个眼色，都能变成它爆炸的原因和导火索。那时，父亲变成了一只老虎的屁股——谁也不敢碰。而我心里再明白不过，我就是造成这一切的原因和罪魁祸首：我是一个要账鬼。"这几个生动、妥帖的比喻，不仅交代了父子关系剑拔弩张的紧张，而且将其成因、危险程度、主体的微妙感受表现得妙趣横生，尤其是"我是一个要账鬼"，这句极具生活韵味的话，把"我"心中的恐惧、叛逆、不屑、委屈、愤怒一股脑儿地传达出来，可谓精妙不已！这种在俚俗和娴雅、叙述和抒情说理之间寻求平衡的语言，正是高君最为擅长的，他不卖弄纤巧浓艳的文采，不避讳日常生活语言的粗俗，而是将情感和思想的节奏与张力融于其中，让我们看到一种耐读的、有弹性的语言风格。在短篇《父亲》中，他把对现实的反思与批判溶解到欲说还休、闪烁其词的句子里：父亲不信守诺言，令蓝丫伤心至极，"她在迷迷糊糊中，就听见傻英子在说着那些一成不变的废话：别哭！再哭把你扔窗外喂狼！我在窗根儿都等好多年啦，饿死啦！"——正是这句从傻子口中道破的谎言，让我们猛然间洞穿现实生活田园牧歌表象下的虚幻——幸福的生活从来就不在当权者甜蜜的许诺中。再如《歌唱》中的一段话："我从一个叫渭的县城到另一个县城里去，可却像被人走路时不经意踢落的一颗石子，滚落到这个叫木香镇的地方。我还很年轻，年轻得像刚刚汪在眼眶里的一汪泪水，一块从刚宰杀的猪狗们身上割到盆里的肉。我在这个地方不知要待到驴年马月，我他妈得想开点，我还年轻……"这三句话中，每句都蕴藏着一次情感的抑扬，生活偶然性和人情世故的捉弄，任人宰割的委屈、愤激和无奈，心有不甘的挣扎，些许的荒诞感，就在两个平常的比喻、一句粗粝的牢骚中跃然纸上。

正是这种细腻、精到的语言，支撑起高君小说抒情主体内敛、倔强的性格，它从生活的质感出发，触摸到人物情感波动和思维运转的脉搏，在省净、跳跃的形式中展示了自己独特的文学性。有学者认为，当下中国文学之所以缺乏艺术感染力，说到底是语言的问题，因而建立"现代汉语的优雅的文学语言"，是目前中国当代文学得以发展和突破的关键。

在阅读高君小说的过程中，我感受尤甚的是，语言正是文学具有艺术感染力的本体性存在，然而，有艺术感染力的、好的文学语言，却并不一定是书卷气十足的，生活有多少个面向，文学就有多少种展现生活的方式，文学的语言也自然应该呈现为多样化的、自由的风格。

在生活常态和边缘经验之间的游走和自由写作，已然成为高君小说的优长，他正是依靠在自己能够熟悉驾驭的生活经验和边缘探索中不断突破自身、取得艺术上的长足进步。但是，这种自由化写作的消极性也已露出头角。在《渐入佳境》等作品中，作者往往搁置具体的情景，将主体的感悟、思考不加节制地硬性植入叙述，这对小说艺术的圆融畅达来说，无疑是一种伤害。毕竟，套用波德莱尔的一句话：作品的逻辑足以表达思想的要求，得出结论是读者的事①。

---

① 波德莱尔《论〈包法利夫人〉》语，原话为："作品的逻辑足以表达道德的要求，得出结论是读者的事。"见[法]波德莱尔：《波德莱尔美学论文选》，郭宏安译，人民文学出版社2008年版，第53页。

勘探当代生存的写作

—— 《吉林文学作品年选 2016》"年度推荐"作品读记

我们生活在一个生活领先于文学、现实大于虚构的时代。急剧变革着的生存现实，搭上了自媒体时代的信息高铁，肆无忌惮地出示了一幅幅匪夷所思的众生相，以及不合常理的奇谈怪论。这种令人眩晕的世界图景，严重挑战我们关于生命、生活、人生和世界的认知与信念，甚至，我们时常慑服于现实之粗暴的复杂性，干脆放弃了认识、把握和解释现实的尝试。

所以有人危言耸听地宣称"哲学已死"。其实"死了"的不是哲学，而是我们曾经坚信不疑的某些哲学信念。今天，人们依然需要直面现实、洞穿迷雾、提出问题、做出回答。格致的《太阳之卵》、杨俊文的《胖舅》、赵欣的《寂静岭》、肖寒的《这些年，那些年》和于德北的《渡口集》，就是这样一些拥有"认识你自己"的雄心的作品。它们从不同的文体、性别、时空经验出发，不约而同，奔赴我们所面对的关于存在、价值、意义的诸多挑战的前线，互相映照，不期而遇地共同触摸到了当代生存的情感、价值和精神脉搏。

一

格致对语言的痴迷，令我感到惊讶。

在《阳光之卵》中，她想呈现的并不是"文学性"意义上的语言形式，而是作为"存在的家"的语言、作为"生活形式"的语言游戏。这是一个看似玄远、深奥，实则关乎每个人的生存的现实问题。文中的"我"右眼不适，被诊断为"淋巴管堵塞"，按照医生提供的解决方案，需要手术治疗。这本是理所当然的，面对医生的诊断，我们都习惯了噤若寒蝉、唯命是从，但"我"却不以为然，"我"近乎执拗地认为，"我的黑眼珠是地球，而那个白色带红边的水泡是月亮。我的眼睛里，已经呈现出太阳系的一小部分。当然太阳也进入了我眼里的宇宙，由于体积相差悬殊，太阳只能以产卵的方式，进入我的眼中"，医生口中的淋巴管堵塞形成的积水，在"我"的眼中却是"阳光之卵"。

照常理说，"我"的病患，已经不止于眼睛，而是扩散到精神领域了——谁说不是呢？我们早已习惯了对于医生、医学乃至科学及其话语体系的日用而不知的臣服，后者总是一副真理在握、趾高气扬的面孔，用一种客观、冰冷、均质化、缺乏同情和包容心的语言发号施令。生命，在这套话语体系中被严格限定在可供科学或技术手段观察、分析和处置的层面上，情感、体验、想象等因素皆被排斥在外，必要的时候，甚至被视作"不正常"的表现。

格致要维护的，大概就是这些被忽视、压抑乃至被视作"不正常"的生命要素的尊严。"我"的富有想象力和诗性的语言——"太阳之卵"，成为"我"自身赖以生存的隐喻，借由它，可以抵达对生活和生命的另一重理解。饶舌、固执的"我"在与医生李琦之间并不均势的语言的抗衡中最终获胜，但这胜利也仅仅是"我"的眼睛不治而愈，它不仅未能打破医生的话语霸权，甚至连后者的承认和尊重都未得到。"我"的语言，连同其背后那个意义自足的生活形式和情感、精神世界，却因为"太阳之卵"的消失而变得轻盈、飘忽、虚幻。

这是一种漫无边际的孤独感，它如同一个庞然大物，虎视眈眈，而"我"，只能向隅而泣。

二

杨俊文的《胖舅》呈现了另一种生活形式、意义世界的危机。

从小顽劣不驯的胖舅，对上学、读书毫无兴趣，一门心思钻研伺弄牲口。他从放养母猪开始，渐渐把注意力集中到摆弄生产队的大牲口上，小小年纪就成了远近闻名的车把式，后来又无师自通，相马、驯养骡马……胖舅在与牲畜的厮混中，潜移默化，融入那种"世代用人与牲畜的合力耕种的古老方式"。

胖舅在这种古老的生产方式中游刃有余。他前半生的生活、情感、尊严、价值皆生于斯、长于斯，伺弄牲口不仅带来了体面的收入，还收获了乡里间的敬重与信任。他驯养大牲口的场景，就像《庄子》所记载的进乎技、入乎道的庖丁，举手投足"莫不中音，合于桑林之舞，乃中经首之会"。"胖舅的尊严就根植于脚下的大地，在泥土的温润中渐渐成长"，劳作，成为一种人性解放、自我实现的需求。

然而，突如其来的机械化大生产席卷了中国大地，胖舅的经济收入、个人威信和尊严，都伴随着传统农耕时代的落幕而急剧贬值。世界正在变得"今是昨非"，胖舅的生活形式、意义世界就此与"落后"结缘，并且必将被彻底取代。

这是时间的政治。杨俊文的乡愁让我无意间想到了黑格尔的一句名言："凡是现实的就是合理的，凡是合理的就是现实的。"在这种以理性为内核宏大叙事中，胖舅的遭遇似乎无足轻重，甚至构成了人类整体"进步"的有力佐证。但是，在冰冷、僵硬、骨感的历史规律之外，普通人的生活、情感、价值和意义世界，却是构成历史之丰盈多姿的最生动、最丰富的血肉。而我们，也终将纵身一跃，成为历史血肉之躯的一个细胞。

所以，在时间的政治面前，我期待这种乡愁不仅仅被看作"无可奈何花落去"的伤悼；我们也无须强作解人语，用"白头宫女在，闲话说玄宗"的方式自我告慰——我们需要的，是一种能让我们气定神闲的关于意义与价值的辩证法。

<h2 style="text-align:center">三</h2>

赵欣的《寂静岭》入选了《2016 中国年度短篇小说精选》，这令我对评选者肃然起敬。毋庸置疑，《寂静岭》当然是一篇好小说，但它的"好"，却带来了批评和阐释的难度——这是一篇类似于卡夫卡的《变形记》的一本正经说胡话的小说，满纸荒唐言。

失业、离异后的吴世雄，在现代都市的居所中隐遁起来，与世隔绝，"像一只老龟，只有缩进壳里才感到舒适"。他沉迷于游戏，在游戏带来的参与感、主角价值体验中不能自拔。唯一能将这个中年"宅男"拉回社会生活的，是他那患有哮喘病的女儿。然而，在一个雾霾天，女儿却在归家的途中犯病了，吴世雄不得不走出房门。

外面的世界，简直就是他正在玩的游戏《寂静岭》中的场景，阴郁、晦暗、沉寂，杀机四伏、疑窦丛生。赵欣用一种紧张、急促的节奏，叙述了吴世雄在肆虐的雾霾中找到女儿、带她就医的经过。这是一个线性的、庸常的甚至世俗的诊疗过程，其梗概无非排队挂号、托请熟人、检查问诊、住院治疗，但赵欣却成功地把它陌生化了：吴世雄在游戏里浸染而成的认知、判断被带入现实，穿插其中的梦境更强化了这种游戏化了的现实的荒诞色彩……在这篇亦真亦幻的小说中，探究如何切分"现实"与"梦境"似乎是徒劳，它成功地创造了另一种"现实"，一个事实上已经与现实人生、社会和世界疏离、断裂了的人眼中的现实。

游戏，在这种令人望而生畏的现实的显现中，发挥了关键作用。这令我感到震惊——我们所耳熟能详的诗人席勒曾经满怀热情、信誓旦旦地宣称，"只有当人是充分意义上的人的时候，他才游戏；只有当他游戏的时候，他才是完整的人"。然而，《寂静岭》却无意间挑战了上述信念：现实令人绝望、逃遁，游戏也无法助人超越，人能经验到的，似乎只有焦灼、孤独、恐惧和荒诞！

恍惚幽奇、莫可名状的现实感，是杜撰、虚构，还是当代生活的经验投射？人又该如何安顿、消化这种现实感？小说并没有给出答案。或许，小说的任务就是提出问题，引起注意。

四

同样提出问题的，还有肖寒的组诗《这些年，那些年》。

身体与精神的撕裂，在生活的舞台上展开。这种生活观渊源有自，近一百年前，徐志摩就开始在诗歌中表达对生活的怨望与诅咒：

> 阴沉、黑暗，毒蛇似的蜿蜒
>
> 生活逼成了一条甬道：
>
> 一度陷入，你只可向前
>
> 手扪索着冷壁的粘潮
>
>
> 在妖魔的脏腑内挣扎
>
> 头顶不见一线的天光
>
> 这魂魄，在恐怖的压迫下
>
> 除了消灭更有什么愿望？

张未民先生说，这首题为"生活"的诗，"是典型的'五四'一代人文感伤的个体知识分子的诗化生活观，渗透骨髓般的死亡意识和妖魔化的毒蛇感受，共同发出了对生活的诅咒"。当这种既顽强又脆弱、既悲伤又淡定的人文精神，在一个世纪以后，回荡在肖寒笔下的底层女性的意识之中，我们有足够的理由确认这个当代诗人的精神谱系，也有充分的诗歌史资源来阐释她有意无意的继承与创造。然而我并不打算这么做，这会令诗意荡然无存，会转移和消解诗中的忧郁与疼痛，而这正是肖寒《这些年，那些年》里所葆有的来自中国新诗青春期的情感和精神气质——那个"恨自己的时候 / 要比恨别人的时候多"的女人，不愿意放弃诗和远方，一切困窘、焦虑的根源或许就在这里。她说：

> 我并没有真正爱上生活
>
> 它华丽的外表和内部的磨砺
>
> 都与我毫无关系。该发生的
>
> 早已发生，剩余的生命所带来的荒废和流逝
>
> 正磨损着我，使我变得越来越
>
> 迷茫而挑剔

生命之流，在粗陋、贫乏、逼仄却又琐碎、芜杂的日常生活中，把梦想、诗意和价值消耗殆尽。如同赵欣的《寂静岭》中吴世雄未能从游戏中获得解脱一样，爱情、诗和有关生活的美好想象，并没有给《这些年，那些年》的抒情主人公带来慰藉，反而让她堕入更深的孤独和幻灭情绪里。她把死亡和坟墓当成路标，用来省察自己渺小、脆弱、一无是处。

这同样暴露了一个尖锐的问题——当代生活为何面目狰狞、荆棘丛生？

五

饶有趣味的是，于德北的《渡口集》做出的尝试，同格致、赵欣、肖寒提出的问题，偶然间形成了亲密的对话关系。

真实、永恒、爱、光明、道德、慈悲、忏悔……这些光彩夺目的关键词，给《渡口集》镀上了苏格拉底式的精神光环。

于德北在向另一个世界乞灵。那是在物理世界、精神世界之外的第三个世界，它经常被称为本体世界、理念世界，或者说本源世界。世俗人生、日常生活往往被看作它的影子，因而是不真实的、转瞬即逝的、蒙着欲望的罪感和耻感的，令人下坠的、堕落的。那么，向着真实和永恒回归，便构成了人从一切孤独、烦恼、焦灼、痛苦中超拔出来的唯一路径。于是"灵魂"就成了《渡口集》反反复复致意的焦点，它所有的情感的、精神的漂泊和追寻，都是为了"洗涤忏悔者的灵魂"，让"灵魂得到质的飞升"，"在灵魂深处指认归宿"，"将舞动的灵魂合二为一"。

显然，这里闪烁着普罗提诺《九章集》的投影。他告诉世人："要得到善，就必须升到上界，转身向善，把我们在下界时所穿的衣服脱光，就像登上神庙祭坛的人，需先经过沐浴。脱下陈衣，裸体上前，一直到最后。他在前进中抛掉了一切与神背驰的杂念，孑然一己，面对一神。"于德北写道，那个"忧心忡忡"地"在教堂的外边步履匆匆"的漂泊者，最终"从昨天的梦里醒来，头脑异常的清醒"。

这令读者感到敬畏，也感到怀疑。怀疑并非坏事，它意味着新的起点在此确立，我们最终会把《渡口集》收拾进自己的行囊，去追寻新的奇迹。

真实性的双重面孔

——读景凤鸣《卢续的身后》

许多人喜欢把当代人追求精致、有格调的起居日用的生活经营行为，以及消费文化的兴起，称作日常生活审美化。其实，这都是皮相之论。毋庸置疑，我们业已步入一个前所未有的日常生活审美化时代，然而，这一时代最典型、深刻的症候不在于张三把居室装修得如何富丽堂皇、李四在衣着服饰甚至整容上投入了多少时间和金钱，也并非A城的景观不断改造、B市的购物广场日益华丽……日常生活审美化带给我们的最深层次的变异，在于人们认识、理解和阐释世界的方式的变化——在广袤无垠的生活现实面前，我们越来越感觉到原本不成问题的真实性和确定性，在不断飘移、游走；人们开始自觉地根据"需要"，尤其是审美、情感和艺术化的需要，来重构现实。

这样，我们时代生活的"真实性"就拥有了双重面孔：一副是默然实存、散漫无章的现实；另一副是人们精心裁剪、重新创造的现实。前者不以人的意志为转移，可谓客观的；后者所遵从的却是艺术和审美的逻辑，讲求氛围、效果和感染力——如果我们是在谈论艺术，这丝毫不足为奇。然而，这里所说的，却是我们置身其中的生活现实，景凤鸣的小说新作《卢续的身后》，就活泼泼地向我们展示了这个日常生活审美化时代的现实的两副面孔。洪水退去，一场盛大、庄重的赈灾晚会即将上演，演员、道具和赈灾捐款等均已按照导演组的设计准备停当，晚会的压轴人物平民英雄卢续却迟迟不肯现身。他是一名建筑工人，在肆虐的洪流中用水平尺救起了一对父子。然而这并非晚会主办方选中他的理由，在这对幸运的父子获救之前，卢续费劲全身力气，把水平尺伸向一个在洪水中漂浮的老太太。水平尺"悬凌在滔滔的洪水上，并且尽量地向前，向前"，但是那个老太太并没有抓住。她被洪水冲走了，嘴角留下一抹温和的微笑。"这个濒临死亡但分明安然甚或满意的微笑"，被人拍摄下来，发布到网络上，反响如潮。

这就是晚会主办方排除万难，执意要卢续现身舞台的原因。景凤鸣洞若观火地写道，"逝者老太太的微笑太有影响力了，面对瞬间的生与死，它勾起了人们的心酸，触到了更深的情结。亿万网民愿意与这个手持水平尺救人的小伙子一道，再次体味那片刻的揪心"。这是作家对我们身处其中的现实之真实性的双重面孔的深刻体悟。晚会在素材选取、节目设计乃至道具使用等方面，无不严格遵循真实性原则，甚至连舞蹈演员身着的军装，都是抗洪英烈的遗物。但这种真实性却最终臣服于传播率、冲击力、感染力和影响力，至于洪灾发生的原因、灾后重建的真正需要，以及众多抗洪英雄所面临的生活困境和苦衷，这些冰冷、残酷甚至阴暗的真实性，都理所当然地变得无足轻重，不值一提。人们更愿意把自己对于生活的想象、憧憬和期待强加给现实，进而依据近乎浪漫主义的执念来重构现实，并相信那才是真实的。在这样的逻辑面前，坚硬、粗粝的现实遭遇了有史以来最严峻的无视，除非，它能给人们业已审美化了的认识方式提供笑料，抑或是痛感——即便是痛感，也应该是有心理距离的，静观式的，能够产生戏剧化、传奇性效果的。

从这种意义上说，《卢续的身后》是一篇不可多得的现实主义力作，它撕裂了让人沉浸在幸福安谧、愉快骄傲的"晚会"的面具，把现实的双重真实性呈现出来，并且用一种急促、紧张的叙事节奏，强化了二者之间内在的巨大张力。景凤鸣在收束处写道，救人的一瞬间，卢续的身后，其实还有三个"被墙体遮蔽"了的工友，"他们一个抱住卢续的腿，一个拽住卢续的腰，还有一个一边攥紧他的脚脖子一边伺机提醒"。卢续之所以成为镜头中耀眼的英雄，因为他最年轻，体重也最轻，"这是个不约而同的合理安排"。从中我们不仅可以清晰地体察景凤鸣对待审美化之生活现实的态度，亦可窥见他的小说观：穿透生活的表象，洞达现实本身的逻辑。换句话说，向生活要思想，构成了《卢续的身后》以及景凤鸣其他小说创作的不二法门。

近年来，"深入生活"的话题在文艺创作领域不断被重新提起，它之所以再次受到关注的主要契机便是面对日渐审美化了的生活现实，文学艺术家如何做出自己的抉择，是倾情拥抱现实、纵身大浪做时代文明的美容师，还是与生活拉开距离做一个冷眼旁观的观察家？我想这并非一个许多人眼中的非此即彼的问题，所有的论争和交锋，其实仍在于如何处理文艺和当代生活的关系。这里我们有必要重温车尔尼雪夫斯基所提出的重要命题，"美是生活"。文艺要深入生活，所谓"深入"的要义并非对自然、人生和社会的单纯模仿与客观反映，也不是沉浸在家长里短、杂事秘辛的碎片中不能自拔，而是立足于生活本身，洞明世事、练达人情，从来自生活现场的审美感兴和创作冲动出发，通过对生活经验的感动、体悟、描摹、渲染、升华、反思，以审美和艺术的方式呈现生活的本色、逻辑和真实性。

卢续的身后，就是生活的本色、逻辑和真实性。

一座隐喻的迷宫

——读双雪涛《平原上的摩西》

《平原上的摩西》搭建了一座精致、复杂、隐喻的迷宫。

故事从庄德增和傅东心的婚姻生活讲起。两个人的家庭出身、知识教养、人生经历和价值观念判若云泥：一个是曾经"呼啸山林"的红卫兵头目，另一个过去则是他的"革命对象"，返城知青，父亲是大学哲学教师。

历史的加害者与受害人，在改革开放初期组建了貌合神离的家庭。他们的儿子小树，与近邻老李的女儿小斐，童年时的一句诺言，事涉一桩重大悬案——当然，这要到迷宫的出口才能揭晓。双雪涛驱遣着所有牵涉其中的人，庄德增、蒋不凡、小斐、傅东心、小树、孙天博、赵小东，轮番登场。之所以用"驱遣"这个词，是因为我在这篇小说中感受到了写作者掌控叙事的力量，他的叙述时间从 1995 年出发，时而回溯到 80 年代，时而跳跃到当下，众多的人物走马灯一般地现身说法，且各自的年龄视角陆续变换，不断卖出破绽，又为那桩系列截杀出租车司机、袭警悬案蒙上新的迷雾……

几乎所有的线索，都将嫌疑指向下岗工人李守廉。他是一个重要的隐喻，是十余年间所有改革过程中的失败者，也是所有社会矛盾的燃点。然而，老李终究没有现身，他影影幢幢，是改革开放和市场经济的获益者庄德增眼中的狠角色、吃苦耐劳的先进工人，是警察蒋不凡和赵小东眼中的社会不稳定因素、犯罪嫌疑人，是不食人间烟火、气质忧郁的文化人傅东心眼中沉默寡言、坚忍顽强的穷苦人，是下岗工人孙育心眼里重道义、值得托付身家性命的朋友，是小斐心中的严父。双雪涛为何不让老李开口？这种处理方式首先是艺术的，但在我看来，事情远非如此，他在小说中引用过一句话："世界上有没有一种如此确切的知识，以至于一切有理性的人都不会对它加以怀疑呢？这个乍看起来似乎并不困难的问题，确实是人们所能提出的最困难的问题之一了。"老李，就是一切有理性的人不加怀疑的关于社会不稳定因素、违法犯罪的"确切的知识"，而双雪涛此种处理方式，就是要用独特的叙事技巧颠覆人们的"确切的知识"。

与老李切身相关的隐喻，还有红旗广场上的主席像与太阳鸟雕塑之间的更迭、出租车劫案、"刨锛"血案、城管遇袭案等，其中的任何一个隐喻，都足以支撑起一篇新的作品。双雪涛却不蔓不枝，把这些串结起来，不加点染，将叙事的节奏和走向牢牢指向悬案的真相。这种叙事的节制、掌控和张力，会让那些对 80 后作家心怀成见的读者刮目相看。事实上，80 后作家的人生和作品，业已同青春的感伤分道扬镳，他们不得不去触碰更广阔的人生和更复杂的社会，不得不去对生活、人生、社会和历史做出自己的回应。

双雪涛的回应，就体现在"平原上的摩西"这个最重要的隐喻中。"平原"是一个烟标，是以在社会变迁中受到重创的小斐为原型设计的。她因为要履行对小树的承诺，阴差阳错地卷入袭警案，在车祸中双腿瘫痪。她的信念、执着，却从未褪色，她就是摩西，是急剧变化、泥沙俱下的社会大潮中的精神探险者。小说在最后写道，小树掏出平原烟盒，丢进湖水中，上面是十一二岁的小斐的形象，"笑着，没穿袜子，看着半空。烟盒在水上飘着，上面那层塑料膜在阳光底下泛着光芒，北方午后的微风吹着她，向着岸边走去"。

湖水是否会变成平原，小斐能不能登岸，我们拭目以待。

启蒙、批判与自省

——读孙德宏《温暖和平》

《温暖平和》，是一本"新闻随笔性质的小书"，这是作者孙德宏先生的夫子自道。

然而，当我们依照常理，把它放在司空见惯的随笔序列里，却会发现它是如此突兀、不合群——随笔者，"意之所之，随即纪录，因其后先，无复诠次，故目之曰'随笔'"（洪迈《〈容斋随笔〉序》）。照这样说，随时、随兴、随意、随感，这是随笔的真义。故而常见的随笔，既有长相娴美的东家之子挑起的情思，也有家长里短的兴会感悟，甚至也不乏有关地缘政治、国际时局的真知灼见，但这情思、感悟或见地，终归是一时的兴会，偶然的洞见。《温暖平和》则不然，它评议的虽然同是瞬息万变的大千世界，熙熙攘攘的红尘万象，但在随时、随兴、随意、随感的形式背后，却蕴藏着一以贯之的精神力量。

这力量，来自于作者本人对生命价值、人类尊严的体认和坚守。所以，即使我们面对的是一束生发于十多年前之"旧闻"的评议与针砭，读起来却丝毫不觉其不合时宜，反而会大呼痛快。在孙德宏的笔下，"小"到东北某县因高考失意而自戕的孩子，"大"到朝鲜半岛的紧张局势，"近"至广渠门中学"宏志班"的贫困学生，"远"至中东持续无果的巴以和谈，都有一个核心的症结，那就是对生命价值和人类尊严的挑战。我注意到，正是这种洞见，将作者同那些慷慨激越的牢骚主义者区别开来，以冷峻而又不失平和的心境来观察世相。令他感到"热汗冰凉"的，不仅仅是眼下迫在眉睫的种种社会危机，更是我们的时代在势如破竹的发展之路上，时时显露出的对人类最朴素、最基本的价值的冷漠和背弃——在孙德宏对诸多时事所展开的犀利而有节制的评论中，我隐约读到一行潜藏着无可奈何、黯然神伤却又不甘和光同尘之情的感慨：

> 启蒙尚未成功，同志仍需努力！

当然，此时此刻再高举"启蒙"的旗帜，未免有些奢侈，即便内心涌动着人文精神的怒潮，也与崇尚实利、拒绝空谈的时尚背向而行。《温暖平和》超越迂腐的地方恰恰在于，它清醒地意识到，我们在展露豪情满怀、激情万丈的启蒙姿态的同时，都要面对平淡、琐碎的日常生活。与其一边沉浸于高歌猛进的运动式启蒙，一边诅咒、厌弃"一地鸡毛"的平淡日子，不如身体力行、承担责任，在貌似价值和美学荒原的日常生活中，践行那最朴素的价值原则、道德规范。所以孙德宏的启蒙叙事，并没有站在一个绝对的道德高度，俯瞰众生，而是时刻不忘凝视自身，在批判中保持着深度的自省。他在湖南某地的高考保送生造价事件中，不仅看到了"'凭本事吃饭'这一朴素而又最可贵的社会价值观"的动摇，而且忧心于"公平公正"这一社会梦想的失落，更在文末追问：

> 在我们也经常激烈地抱怨不公的同时，我们自己又做了些什么？
>
> 我们如何去坦然面对那些把我们尊为师长的年轻而纯洁的生命？

这是戳到了每个渴望社会文明进步、人类自由发展的社会主体之内心最隐秘的症结的诘问，它在一个"不知耻、无愧疚"到了积重难返的时代里，以一种节制却有千钧之力的声音，呼唤着社会良知的重塑，让面前的每个读者都如芒在背。

如是，这一本"新闻随笔性质的小书"，可谓"其旨远，其辞文，其言曲而中"，这无疑展现了知识分子之笔的另一番光景——"笔则笔，削则削"。

双手劈开生死门

——读孙德宏《新闻演讲录》

今天，一种以高亢、激切甚至耸人听闻的说辞来表达学术观点的做法，正在人文社科领域日益流行，成为时尚。比如艺术早就被预示过"终结"的下场，随后文学也遭遇"死了"的宣判，新闻传播研究自然概莫能外，美国学者菲利普·迈耶早在十年前就信誓旦旦地宣称：

> 2043 年春季的某一天，美国一位读者把最后一
>
> 张报纸扔进了垃圾桶——从此，报纸就消失了。

同样忧心忡忡的，还有日本知名报人中马清福、美国媒体文化研究尼尔·波兹曼等人。前者在全球性的报业困境中为报纸寻求"活路"；后者甚至连这点儿审慎的乐观都不愿意保留，而是用沉郁的笔调宣称，当"新闻的价值取决于它能带来多少笑声"之时，我们的文明终将堕入深渊。报纸，或者更为确切地说是新闻，由此也笼罩在末日预言的阴影中。这种种末日预言，混杂着对新媒体时代整体文化形态

的严厉批判、深刻反省，似乎也不断印证并强化了我们的现实感受。然而，我们却也不能就此慑服于甚嚣尘上的终结论调，束手待毙。换言之，"终结""死了"或曰"行将消失"，都只能是一种提问的方式，而并非我们经过严肃思考所找到的答案——这是孙德宏的新著《新闻演讲录》（海豚出版社，2016 年）所彰显的学术信念。

在《新闻演讲录》所收录的多次学术演讲和谈话中，孙德宏延续了他对待现实一以贯之的"温暖平和"之道，抽丝剥茧，擘肌分理，引导我们渐次抵达新闻传播所面对的"生死之门"。不少人提出，报业的衰落源自新媒体异军突起带来的剧烈冲击。的确，我们业已迈入了一个自媒体时代。仅就中国而言，数以亿计的网民每日提供近三百亿条信息。这是一种远远超出了人的认识、把握能力的信息景观，它似乎具备了我们通常所说的"崇高"的双重性格：在数量上无限的大，在冲击力上无坚不摧。然而在孙德宏看来，这种自媒体的狂欢，及其衍生的人造的崇高的信息景观，并不足以令新闻传播陷入绝境——从根本上说，报纸为受众所提供的新闻乃是一种精神产品，只要人们对这种精神产品的需求还在，新闻传播就依然有生存的动力。也就是说，自媒体的崛起有可能冲垮的只能是现代以来所形成的新闻传播业的行业、媒介和技术壁垒，却不能将公众对"有价值的新闻"的渴求冲刷殆尽。

那么，新闻传播的时代危机又源自何处？孙德宏认为，危机源自新闻传播面临着内在性困局，这种内在性困局的关键在于"我们正在逐渐地遗忘，逐渐地抛弃了新闻本身的那些最根本的东西——新闻的本质"。何谓"新闻的本质"？与我们司空见惯的从新闻学、传播学的"基本规律"的讨论入手不同，孙德宏认为在封闭的学科框架内并不能解决问题，而是应该回到本体论的维度展开哲学思考。他依据沉浸报业现场二十余年的经验积淀与反思，将"新闻的本质"这一问题上升到现代性精神生活的层面，从启蒙哲学的理路做出了回应——"人是目的"。新闻传播在立足于具体新闻事实的同时，还应该超越简单的功利判断，将"关注人的生存状态""正视人的物质需求""重视人的精神存在"和"肯定人的尊严"作为自觉的价值追求。从这种理论的洞见出发，我们就能发现当前新闻传播领域的种种乱象和弊病，恰恰在于对"人是目的"这一现代价值的背弃：新闻传播不论在事实采编还是呈现方式上，都越来越趋近于源源不断地制造那些仅能满足人的追新逐异心理、身体欲望和感官愉悦的信息，就像波兹曼在《娱乐至死》中所描绘的那样，"娱乐"正凸显为我们这个时代"所有话语的超意识形态"。孙德宏则指出，在"娱乐"的宰制下，我们把新闻变成了一种"围观"、一种"八卦"，我们的新闻产品的创造者变成了一种工具，精神产品的创造变成了简单的物品生产。

　　这一洞见无疑触及了当代新闻传播的症结所在。现在问题就变成了如何突破新闻传播的内在性困局。新闻传播要以人为"目的"，然而并不是要有目的，就有了目的。如何将抽象的"人是目的"转化为具体新闻传播实践依然是一个绝大的问题。孙德宏延续了他此前著作《新闻的审美传播》中的思考，别树一帜地提出了"实现新闻的审美传播"的主张。面对这一观点，我们不禁要问：难道当前的新闻传播还不够审美化吗？不断涌现的"深度报道"越来越讲究编创和行文的技巧，突出故事和情节；日益流行的"热点时评"正在义无反顾地"语不惊人死不休"；就连重大新闻事件报道也越来越重视受众的"胃口"……而在孙德宏的眼中，凡斯种种皆属于技艺、功能性的审美化，真正意义上的审美传播，要从"美是人类的终极理想"与"美是理念的感性显现"的层面上实现——这里所说的"终极理想"或曰"理念"，正是"人是目的"：新闻传播应该在全面、公正和"善"的原则下，实现从具体真实到"整体真实"的超越；应该通过"形式的合规律性"实现自我的身份确认；应该将审美惊奇感内化为新闻文本的固有品质。

　　这是作者深植于改革开放以来中国新闻传播的审美取向流变的现实，经由康德、黑格尔等德国古典哲学家的启迪，所达到的理论高度。可以说，如此拔本塞源的理论思考，在新闻传播研究领域尚不多见。孙德宏借此，与那些津津乐道于新闻"终结论"、沉迷于媒介狂欢，或自恃真理在握对新闻传播严词挞伐、作不及物的批判之语的研究者保持了距离。恰恰是这种距离，使得他的"温暖平和"，具备了"双手劈开生死门"的锐利。

第二辑

重建中国诗学：朱湘价值的再发现

在中国现代文学史研究及书写中，朱湘（1904—1933）所受关注的程度与其成就远不成比例。这位被鲁迅誉为"中国的济慈"的天才而又短命的诗人，时或因其与"新月派"的关联而被意识形态化的文学史叙事遮蔽[①]；纵使在新时期以后，他的引人注目也仅仅在于对"新月派"提倡的"理性节制情感"原则的忠实践行，以及"对诗的形式美的探索以及讲究形式的完整与'文学的典则'"[②]。也正是此种文学史叙事话语的"定型"，成为时下一个饶有兴味的学术话题的预设，那就是对于朱湘之峻切孤僻的主体人格与清丽柔婉的诗学风貌之间的"悖逆"或"超越"的探究。

本文认为，无论是"悖逆论"，还是"超越论"，持论者的理论叙事都基于如下的逻辑起点——认为在作者的经验、

---

① 张邦卫：《朱湘研究述评——纪念朱湘逝世70周年、诞辰100周年》，《河北师范大学学报（哲学社会科学版）》2004年第2期。

② 钱理群、温儒敏、吴福辉：《中国现代文学三十年（修订本）》，北京大学出版社2005年版，第134—135页。

主体人格与作者的表现、美学风貌之间天然存在着巨大的鸿沟，并且二者是不可通约的，亦即通常所谓的"自律的文学"观。这样做固然有其阐释效力，却有意无意地遮蔽了潜藏于作者的经验世界与作品的表现世界之间的一贯性和连续性，忽视了社会与文学、现实与艺术之间若隐若现的复杂关系。因此，在本文中，笔者试图将朱湘及其诗学（诗歌、诗学理论）置入更为深广的社会场域，也就是在"五四运动"前后中国社会的价值取向、知识体系、体制规范等领域所呈现的结构性变异中，讨论朱湘在传统与现代、东方与西方等异质文明急剧碰撞、并置、交融的文化语境中所处的位置，并借以窥探其主体人格、诗学理想、诗歌创作之间的一贯性和连续性。

传统与现代文明夹缝中的"癫狂者"

1933 年 12 月 5 日，朱湘投水自尽。上海《申报·自由谈》、北平《晨报·副刊》、天津《益世报·文学周刊》、北新书局《青年界》等报刊相继发表一系列悼念文章或"朱湘纪念号"。这些文章在对朱湘自戕极尽哀悼、痛挽之事外，大都将笔锋转向对朱湘死因的分析：其一，朱湘本人性情孤高甚至轻狂怪诞，不见容于世；其二，社会黑暗冷漠，逼迫诗人至死。如果事态止步于此，那么"朱湘之死"，虽然在当时被作为"社会不尊重文人"的文化现象来反思①，而朱湘本人则未免湮没到"怀才不遇者"的洪流中了。事实上，关于朱湘死因的另一种声音更为值得关注和反思。梁实秋在1933年12月撰文批驳通行的"社会不尊重文人"的说法，认为"朱湘的神经从很早的时候就有很重的变态的现象"，他的"精神变态，愈演愈烈，以至于投江自尽"②。苏雪林、冯沅君等人也认为朱湘是个"似乎患着一种神经过敏的病""性情乖僻"的"疯癫"③。这似乎与生前"许多人把他（朱湘）看作怪物"的朱湘的性情更为吻合④。但据诗人生前为数不多的挚友罗皑岚、柳无忌、赵景深等人回忆，朱湘非但不是一个疯癫的狂人，反而是一个真诚率性、古道热肠的"文人""诗人的诗人"。因此，朱湘是否"疯癫"不仅扑朔迷离，无从可考，而且也成为无足轻重的话题。真正发人深省的是朱湘何以被视为"疯癫"？

　　福柯认为，所谓"癫狂"并无历史的一贯界定，它是理性与权力合谋，用以征服和挤压规范、体制之外的个人的排

　　① 余文伟：《悼诗人朱湘》，《申报·自由谈》，1933年12月17日。
　　② 梁实秋：《悼朱湘先生》，见刘天华编：《梁实秋怀人丛录》，中国广播电视出版社1991年版，第3页。
　　③ 苏雪林：《我所见于诗人朱湘者》，见秦人路编：《文人笔下的文人》，岳麓书社1987年版，第474—481页。
　　④ 罗皑岚：《朱湘》，见罗念生编：《二罗一柳忆朱湘》，三联书店1985年版，第8页。

他性知识话语[①]。因此，在任何真理系统和价值取向支撑下建构起来的社会规范和体制都是相对的；唯有社会体制规范对"他者"进行规训和惩戒背后的权力关系，才可以被视为"绝对"的。从这种意义上讲，反观朱湘短暂的一生，他的"怪癖"和"癫狂"，恰似鲁迅笔下的"狂人"，实为既定社会规范、体制所不能容忍和接受的个体。尤其是五四运动前后，中国社会的价值取向、伦理规范在启蒙思潮的席卷下呈现出新与旧、现代与传统急剧碰撞、并置的情态，既不为旧传统所容忍，又被现代秩序（以现代知识群体为载体）目为"疯癫"的朱湘，就具有了超越古今中西之争、直面存在困境的文化意义。

一方面，朱湘同其他启蒙思潮流风所及的"新青年"一样，对传统伦理秩序深感不满。据罗念生记载，朱湘与妻子刘霓君乃是旧式的"指腹为婚"，诗人"因不忍这一位孤女受人虐待，才接受这两肩的责任"；"后来的结婚仪式由朱湘的大哥主持，这位代父行使家长职权的长兄要求五弟行跪拜礼，弟弟只肯三鞠躬。哥哥晚上便大'闹'洞房，把喜烛打成了两截。新郎当晚即离开了大哥的家"。可以窥见，朱湘之所以"被几位哥哥当作路人"，与其"离经叛道"的觉醒姿态不无关系。他对友人痛陈旧式婚姻的坏处，甚至在听到

---

① [法] 福柯：《疯癫与文明》，刘北成、杨远婴译，三联书店2007年版。

罗皑岚家人逼迫其结婚时，写信劝其"私逃"①。不宁唯是，朱湘还从根本上对礼教传统所裹挟的意识形态进行了颠覆，他说："世界上绝不可有什么神圣的东西存在。孔丘的伦理哲学，西方的宗教，都是一种神圣，便糟糕了。"② 由此可见，朱湘在高倡"人的发现"的"新青年派"知识群体影响下，不唯灵魂更生，思想认识也达到了前所未有的深度。

郁达夫在《中国新文学大系·散文二集导言》中说："五四运动的最大的成功，第一要算'个人'的发见，以前的人是为君而存在，为道而存在，为父母而存在，现在的人才晓得为自己而存在了。"③ 这种"为自己存在"的人道主义精神奠定了朱湘毕生追求的基调。以往的研究者在探究朱湘的人生悲剧时往往专注于此、止步于此，却忽略了"西学东渐"以来中国社会不仅仅在思想意识上发生了翻天覆地的变化，而且在社会体制、规范方面的"现代化"也初具规模。以教育制度为例，从1904年"癸卯学制"颁布，到1905年废除科举制度，再到北京大学、清华大学初具现代大学规模，中国的现代教育制度逐步确立。朱湘所就读的清华学校

---

① 罗念生：《朱湘的身世》《忆诗人朱湘》《给子沅》，罗皑岚：《朱湘》等文，见《二罗一柳忆朱湘》，同前，第101页、第116页、第76页、第6页。

② 朱湘：《致赵景深》，见罗念生编：《朱湘书信集》，天津人生与文学社民国二十五（1936）年印行，第62页。

③ 赵家璧主编：《中国新文学大系》，第七集，上海良友图书公司1935年印行，第5页。

就是因袭美国现代教育制度设立的留美预备校。

以当今的理论视域回顾"现代性",后者在人类文明进程中固然有其不可估量的正面价值,但消极影响亦不容忽视。"现代性"所引发的最值得反思的后果之一就是人的均质化和体制化,与之相应的是"现代制度"对人个性自由的束缚。朱湘之所以被现代知识群体目为"疯子""癫狂",无疑是因为他对后者所盲目信仰的现代制度的蔑视甚至抗拒。依照清华学校的校规,朱湘因为对抗早餐点名的制度被开除。后来在给友人的信中,朱湘谈起自己故意违规的动机:"清华的生活是非人的,人生是奋斗,而清华只钻分数,人生是变换,而清华只有单调;人生是热辣辣的,而清华是隔靴搔痒。我投身社会之后,怪现象虽然目击耳闻了许多,但这些正是真的人生。至于清华中最高尚的生活,都逃不出一个假,娇柔。"[①] 从中可以读出,朱湘对"现代制度"的弊端有着天才的洞察,他所认同的是饱含激情与奋斗、个性张扬的"真的人生",故而敢于为之对抗将人束缚在分数、学位链条上的现代教育制度;即使赴美留学期间,他仍然一如故我。所以在许多为谋求学位、赴美镀金的人看来,朱湘不啻为"怪物",某赴美留学的归国博士告诫罗皑岚:"你们学文学的,最好到美国后,不要学朱湘。"[②]

---

① 罗念生:《忆诗人朱湘》,见《二罗一柳忆朱湘》,同前,第116页。
② 罗皑岚:《朱湘》,同前,第8页。

从这种意义上讲，朱湘是矢志不渝地坚守新文化运动所提倡的人道主义精神的为数不多的知识分子，甚至是极端的人道主义（个人主义）者，故而无论面对传统还是现代体制、规范，他都不肯就范，这也是他处处碰壁、走投无路的症结所在。游走在传统与现代文明秩序的夹缝中，朱湘被知识群体冠以"狂人""疯癫"的名号也就不难理解了。

"人性"本体的诗学观

朱湘的"癫狂"不同于一般意义上的"迂阔"，他对现代人的生存困境有着清醒、深刻的洞察。在回应胡适"现代的诗应当偏重抒情的一面，庶几可以适应忙碌的现代人的需要"的诗学主张时，他说："像《敬亭独坐》这一类的抒情诗，忙碌的现代人简直看不懂。再进一层说，忙碌的现代人干脆就不需要诗，小说他们都嫌没有功夫与精神去看，更何况诗？电影，我说最不艺术的电影，是最为现代人所需要的了。所以，我们如想迎合现代人的心理，就不必作诗；想作诗，就不必顾及现代人的嗜好。"[1]也就是说，现代人的"忙碌"只是一种浅层表象，真正的症结在于人被异化为工业文明生产线上的丧失了个性、自由的"非我之物"，如同电

---

[1] 朱湘：《北海记游》，见《中书集》，生活书店民国二十六年（1937年）版，第15—16页。

影《摩登时代》（Modern Times. 1936）中卓别林所饰演的夏尔洛。因此"精神生活"和"个性自由"都无从谈起，"诗"自然成为不被"需要"的奢侈品；取而代之的是以声音、图像等直观媒介为主的电影等大众文化产品。可以说，朱湘的见解即使在今天也不失为深刻的真知灼见。所以，困扰他的就不仅仅是一种个人化的经验，而是现代人普遍的生存困境。正如西美尔所言，现代生活中的最深层次的问题是个人在面对巨大社会压力、历史遗产、外来文化和生存技能时，如何保持其自由和个性的存在。以上种种"客体精神"对"主体精神"的胜利导致了个性自由的丧失和衰退，进而为极端人道主义（个人主义）的反拨提供了温床。[①]朱湘"生时颇傲，知交甚少"的"癫狂"行径，正是这种极端人道主义精神的外在呈现；而朱湘的"人性诗学"观，也只有在这一前提下才能被真正理解。

朱湘在《北海纪游》一文谈到自己作新诗的理由："不为这个，不为那个，只为它是一种崭新的工具，有充分发展的可能；它是一方未垦的膏壤，有丰美收成的希望。诗的本质是一成不变万古常新的；它便是人性。诗的形体则是一代有一代的：一种形体的长处发展完了，便应当另外创造一

---

① [德]格奥尔格·西美尔：《大都市和精神生活》，郭子林译，见孙逊、杨剑龙主编：《阅读城市：作为一种生活方式的都市生活》，上海三联书店2007年版，第19—31页。

种形体来代替；一种形体的时代之长短完全由这种形体的含性之大小而定。诗的本质是向内发展的，诗的形体是向外发展的。"①在这里，朱湘呈现出一个本体论的诗学观：以"人性"为诗的本体，它是"一成不变万古常新的""内向发展"的；以体裁（形体）为本体的外在显现，它是"一代有一代的""向外发展的"。这与宗白华所提出的"文学自体"可谓异曲同工："文学底实际，本是人类精神生活中流露喷射出的一种艺术工具，用以反映人类精神生命中真实的活动状态。简单言之，文学自体就是人类精神生命中的一段实现，用以表写世界人生全部的精神生命。"②然而，如何呈现这种"人性本体"或"文学自体"？朱湘认为，《诗经》《楚辞》《荷马史诗》等经典作品之所以历久弥新，在"后生几千年的人读起它们来仍然受很深的感动，这便是它们能把永恒的人性捉到一相或多相，于是它们就跟着人性一同不朽了"。具体到诗歌的"形体"而言，则是随着时代的推移而"新陈代谢"的，比如：

> 拿中国的诗来讲，赋体在楚汉发展到了极点，便有"诗"体代之而兴；"诗"体的含性最大，它的时代也最长；自汉代上溯战国下达唐代，都是它的

---

① 朱湘：《北海纪游》，同前，第33—34页。
② 宗白华：《新文学底源泉》，见《宗白华全集》第一卷，安徽教育出版社2008年版，第172页。

时代。……到了五代两宋，便有词体代"诗"而兴。
到了元明与清，词体又一衍而成曲体。①

笔者认为，在这里更为值得关注的并非"一代有一代之文学"进化文学史观，而是朱湘提出的以"含性"的大小作为诗歌体裁优劣的判断标准。所谓"含性"，即诗歌的表现力，具体到朱湘的人性本体论诗学而言，就是诗歌对人性的表现力（亦即"包含"）问题。因此，朱湘在论诗时对于形式之美的探究（音节、格律、诗行、炼字），他所提出的"文学的典则"，他的"为艺术而艺术"的主张，都要归结到对诗歌如何表现人性（"含性"）问题的思索和实验上。时下的文学史著作往往将目光聚焦在朱湘诗学"与这一时代相隔离的样子，并独自存在的"②之上，遮蔽了朱湘诗学理论的一贯性和连续性，因此难免妄下论断。实际上，在朱湘的诗学理论中，"人性"并非绝对抽象、空洞的意识形态话语，而是紧扣时代命脉的——国族意识、人生苦难、启蒙精神等在朱湘的诗学理论和诗歌批评实践中均占据着重要的位置（详见本文第三部分），只不过朱湘更为关注的是如何将这种种的"人性"以诗的形式表现出来："想象，情感，思想，三种诗的成分是彼此独立的，惟有音节的表达出来，他们才能

---

① 朱湘：《北海纪游》，同前，第34—35页。
② 朱栋霖等：《中国现代文学史1917—1997》，高等教育出版社1999年版，第81页。

融合起来成为一个浑圆的整体。"① 因此，"音节"也就是诗的格律、形式和音韵成为表现人性的关键。朱湘对"新的诗律、形式、与音韵的重建"的尝试和成就，使他当之无愧地成为"新诗形式运动"中的一员健将。

与朱湘的探索类似，郭沫若、宗白华等人对新诗本体、形式的认识更为直观，也更有助于我们理解朱湘在重建中国新诗方面的理论创见和内涵："诗 =（直觉＋情调＋想象）（Inhalt）＋（适当的文字）（Form）……诗底内涵便生出人底问题与艺底问题来。Inhalt 便是人底问题。Form 便是艺底问题。……一方面多与自然和哲理接近，以养成完满高尚的'诗人人格'，一方面多研究古昔天才诗中的自然音节，自然形式，以完满'诗底构造'。"② 根据现有材料，朱湘曾多次就郭沫若新诗创作中的"音节"与"形式"问题进行批评，而后者是否"虚心接受"或"受其影响"并非本文关注的重点，在这里，笔者想着重指出的是，如何"完满'诗底构造'"，即新诗的形式问题，是那个重建时代的诗人们共同面临的时代课题，而在朱湘诗学中，则呈现为以"人性"为本体建构起来的新诗形式研究和实验。

---

① 朱湘：《寄曹葆华》，见《朱湘书信集》，同前，第30—31页。
② 郭沫若：《致宗白华》，见《宗白华全集》第一卷，同前，第217页。

重建中国诗学

如前文所提及的，朱湘的"人性"本体论诗学非但没有"遗弃"时代，反而在深层结构上突显出异常强烈的国家和民族意识、情感，他的"为艺术而艺术"，可以说是为"中国艺术"而"艺术"。在给彭基相的信中，朱湘说："来信所说中国人受侵略一层，我的意思是，政治经济物质方面如今已然病象极其显著了，将来在学问艺术精神方面恐怕也要成为日本第二，（现中可怜，连日本还赶不上）要想在这后者方面做一个'中国人'，并不是一件容易的事，那必须把全个灵魂剖给它……我们要想创造一个表里都是'中国'的新文化。暂时借助于西方文化，这并不足为耻……中国将来最大的恐慌便是产生出一个换汤不换药的西方文化，甚至也不换汤也不换药的纯粹西方文化。"朱湘曾多次表示，自己若想"实业救国"为时已晚，还多次劝告友人弃文从工。从中不难看出，貌似与时代脱节，从不过问政治纷争的朱湘在"政治救国""实业救国"如火如荼的时代洪流中退避三舍，选择了"文化救国"；更确切地说，他旨在重建表里如一的"中国新文化"，因此他主张兼容并蓄地汲取古今中外一切文化成果中的积极因素重建中国诗学。在旅美留学期间，他说："我如今很想在文字方面多下一番苦工。我想在已经学习的希腊文、拉丁文、法文、德文、英文外，加学俄文、意大利文、梵文、波斯文、亚剌伯（笔者注：阿拉伯）文，能作到那一种田地，如今也不敢讲，不过我觉得要这样一番功夫，才不辜负来西方一趟。"① 正如柳无忌所说：

> 朱湘的西洋文学的造诣甚深，但是，他所以专门学习与教授西洋文学——我有同感——是要把它应用于中国新文学的创造。他以从事文学以为终身目标，这是无可厚非的。就是这理想，使朱湘能在众说纷纭的五四运动时代，成为少数在新文坛上没有任何政治色彩的"素人"。事实上他也是"完人"。在新旧文学交替期间，西方各种学说与思潮如洪水般泛滥而来，使我们难以闭关自守，却也不应该开门揖盗。处在两个极端之间而能有所取舍，而能获得平衡与中庸，只有如朱湘那般以文学为至上的独特的作家。②

这段文字对于朱湘而言可谓切中肯綮的评价，它暗示了两条主要信息：其一，朱湘的"以文学为至上"实际上是超越了一般功利的"大功利"，即创造"中国新文学"；其二，也因此朱湘切断了自己与急功近利的时代潮流的联系，进而为后来的文学史话语所遮蔽。反观近百年来中国诗学的演进

---

① 朱湘：《致彭基相》《致赵景深》，见《朱湘书信集》，同前，第15—16页、第59页。

② 柳无忌：《我所认识的子沅》，见《二罗一柳忆朱湘》，同前，第62页。

历程，本文认为，虽不能判定朱湘与那些紧扣时代主题的诗人、理论家们虽孰优孰劣，然而前者不可不谓之呈现了极为深刻的远见卓识。

在人生道路上步履维艰的朱湘的诗学理论、诗歌创作中，有一个无法回避的主题——如何表现人生的苦难。这也是涉及如何认识朱湘峻切孤僻的主体人格与清丽柔婉的诗学风貌之间的巨大鸿沟的重要问题。如前文所指出的，朱湘以"人性"为诗歌的本质，进而主张诗歌应该表现人性的美好、理想化的一面，在《吹求的与法官式的文艺批评》一文中，朱湘提出："诗的真理即是美"，"最简单而美好的，这便是'诗的'两字的注释。"[①] 因此，在朱湘的诗歌中虽不乏金刚怒目、直斥社会黑暗、人生苦难之作，但其主流依然以纯美的人性理想慰藉苦闷的心灵。据罗皑岚回忆，在被清华学校除名后，朱湘所写的《小河》以唯美的艺术展现了对人生苦难的超越："有时我流的很慢，/那时我明镜不殊，/轻舟是桃色的游云，/舟子是披蓑的小鱼；……烈日下我不怕燥热：/我头上是柳荫的青帷；/旷野里我不愁寂寞：我耳边是黄莺的歌吹。"诗人以"明镜不殊""烈日""旷野"象征严酷的环境，以游弋其中的流水自况，如果没有相关的知识背景，我们很难解读其寓意所在："他把河面上的冰象征功课，把

---

① 朱湘：《吹求的与法官式的文艺批评》，见《时世新报·文学周刊》，1924年10月6日。

自己比作冰下的流水，说严冰虽厚，却压不住流水，流水是永远活动的。"[①] 朱湘以如此唯美的方式呈现、超越人生苦难的原因有二。第一，他认为人生的苦难和世界的丑恶是现实中存在的，诗人应该超越现实的桎梏，在唯美的艺术中寻求解脱和救赎之路。他在评论美国作家史蒂文生时说："好的文学确是痛苦的结晶品……史氏身受到人生的痛苦而不容许这种丑恶的痛苦侵入他的文字之中，实在不愧为一个伟大的客观的艺术家，那'为艺术而艺术'的一句话，史氏确是可以当之而无愧。"[②] 也就是说，诗人应该以"理想的人性""完满的人生"呈现于诗，以告慰在现实苦难中无所归依的人。第二，朱湘主张"以理智节制情感"，谨防情感洪流的漫无节制影响到诗歌"丰富的情调""庄严的节律"。他曾创作了一首题为"情感与理智"的十四行诗："在一场奇特的梦里，我瞧见 / 躯壳中化出来了一双自我—— / 美丽、天真，左边的她在唱歌；/ 右边的，光芒绕体，他舞宝剑。/ 那护身的白光关照到四面，/ 不容烦恼洒的水丝毫透过。/ 同时，烦恼浇上了音乐的波，/ 那情调更丰富，节律更庄严。"[③] 在这里，理性与感情的和谐成为朱湘诗艺的最高追求，在理性之光的照耀下，即使是"烦恼"也获得了美的形式。

---

① 罗皑岚：《朱湘》，见《二罗一柳忆朱湘》，同前，第4页。
② 朱湘：《徒步旅行者》，见《中书集》，同前，第92—93页。
③ 朱湘：《石门集》，商务印书馆1934年版，第133页。

在这里，我们一方面读到了贯穿于柏拉图、亚里士多德、贺拉斯等人著作中的西方古典主义诗学传统，即主张诗对应然（必然）人性的呈现、理性与情感的和谐的诗学传统，如亚里士多德主张诗歌"应当描述可能发生的事""有普遍性的事"，可以说是朱湘表现完美人性的理论渊薮；另一方面，更为重要，也更容易被忽略的是，中国古典诗学传统尤其是"温柔敦厚"的诗教传统在朱湘的诗学理论和创作实践中得到了进一步的延伸。如《毛诗序》认为诗歌创作应该秉承"主文而谲谏""发乎情，止乎礼义"的形式规范，扬弃其裹挟的封建政教意识形态，我们会发现，其对艺术与人生、情感与理性的规定在包括朱湘在内的许多现代诗人那里都有积极的回应。如沈从文在评价朱湘的诗歌风貌时说："生活使作者性情乖僻，却并不使作者在作品上显示纷乱"；相反，诗人诉诸"平静的调子"，用"东方的声音，唱东方的歌曲"，"使新诗与旧诗在某一意义上，成为一种'渐变'的连续"①。按照这样的理解，对于朱湘而言，传统就不仅仅意味着一种"外在"的"影响"，而是深植其中不断扬弃自身的诗学传统和精神；而朱湘重建中国诗学的努力及其创作实践，也应该视为中国诗学在面临疾风骤雨般的西学冲击时不断调适自身、汲取他者精神给养的主体建构行为。唯其如

---

① 沈从文：《论朱湘的诗》，见《文艺月刊》，第二卷第1期，1931年1月30日。

此，在建构"中国诗学""中国文学"话语体系亟待应对的许多难题面前，朱湘等人的当下价值和意义才能够被更深刻地理解和发挥出来。

《河岸》：为生活立心

苏童向来被视为"新历史主义小说"的代表作家，如张清华在《十年中国新历史主义思潮回顾》一文中将其《妻妾成群》和《红粉》等作为"新历史主义"小说的典范加以分析，并认为他的《武则天》鼓荡了"商业化的'游戏历史主义'"写作，进而促成了"新历史主义文学思潮"的消歇。[①]王德威则认为苏童的《一九三四年的逃亡》《罂粟之家》《红粉》直至《米》《武则天》等小说以"世纪末的风情"营构出一幅关于"南方的想象"的历史景观，他将其称为"民族志学"[②]——"新历史主义"也好，"想象的民族志学"也好，其着眼点都在于开掘小说的叙述历史新立场和新方法，"历史"是其核心，而所谓"新"，自然是相对于"旧"而建构起来的，具体言之，即以个体的、民间的立场替换群体的、主流的立场，以边缘的、微小的叙事来消解中心的、宏大的

---

① 张清华：《十年中国新历史主义思潮回顾》，《钟山》1998年第4期。
② 王德威：《南方的堕落与诱惑——苏童论》，《当代小说二十家》，三联书店2006年版，第106—127页。

历史，以相对主义的、非理性的史观颠覆本质主义的进化论理性史观……以这样的方法巡视苏童乃至 20 世纪 90 年代以来的小说，大抵会收到无往不克的效果。

从这种意义上说，关于"新历史小说"的讨论，虽不乏其文学史依据和阐释有效性，但长久以来，苏童对"新历史小说"的名头并不认可，比如他在《梦想与希望》中说："我希望读者朋友们不要把《我的帝王生涯》当历史小说来读，我在写作中模糊具体年代的用意也在于此，考证典故和真实性会是我们双方的负担。小说里的红粉鬈影和宫廷阴谋都只是雨夜惊梦，小说里的灾难和杀戮也只是我对每一个世界每一堆人群的忧虑和恐慌。"①

在谈到《红粉》的创作时，他还说道："《红粉》的故事发生在中国社会历史的一个十分重要的转型期，这是一个十分明显的具有社会标签时代特性的小说。但是，在写作时，我试图摆脱一种写作惯性，小心地把'人'的面貌从时代和社会标签的覆盖下剥离出来。我更多地是讲人的故事。小说中的解放、妓女改造运动是人物活动的背景，必不可少。但解放和妓女改造等社会历史运动，你可以通过别的途径做更详细的了解，不是我要完成的任务。"② 也就是说，"历史"并

① 苏童：《梦中的梦想》，《我的帝王生涯》，北岳文艺出版社2001年版，第1页。

② 周新民、苏童：《打开人性的皱折——苏童访谈录》，《小说评论》，2004年第2期。

非苏童写作的旨趣所在，与其说苏童的写作呈现了一种"别样的历史"，毋宁说苏童采取了一种"赋到沧桑诗便工"的叙述方法——在苏童笔下，世道沧桑的历史感只是人物生活的舞台和背景，他用力最多的乃是生活、跃动于其中的具体可感的众生相、人物际遇的升降沉浮、人情世态中的性情纠结。

这种有关"历史"的苏童阐释与作家本人的意图阐释的牴牾的现象，委实可以作为一个当代文学的"苏童问题"。很多作家在遭逢"新历史小说"的桂冠时，大约总是笑纳或半推半就，但苏童作为被批评界指认的"代表性"作家却百般辩解不认账，这十分有趣，给人留下深刻印象。多年以后，在直到 2009 年苏童的长篇小说《河岸》问世，人们仿佛已无多少讨论这部被视为苏童二十多年创作生涯的集大成之作如何"新历史"的兴趣。虽然还有一些依据"新历史"阐释的言论，但总体上对苏童的"历史"问题的表述已经平缓多了。

2010 年凭借《河岸》荣膺第八届"华语文学传媒大奖·2009 年度杰出作家"时，针对授奖词中"(《河岸》)依旧陈述历史和现实重压下的个人记忆"的品评，苏童委婉地回应说："我非常羡慕那些自信的同行，他们努力以写作获取大地的宽度、海洋的深度、天空的高度。我也有那样的幻想，可我忧虑的是大地之魂的不可接近，海洋之心的不可捕捞。"① 换言之，"回到平地上居住"、拒绝"高空表演"，也就是回归讲述世态人情的故事传统，而并非致力于"历史的深广""反思的深度"和"精神的高度"的营构，这在另一篇创作谈中体现得更为明显，他说，"记忆的力量从来大不过虚构的力量，更重要的是它被理性调整，甚至修剪。打开记忆之门，是为了让漂浮的记忆稳定下来，要成形，要凝结，并且还要扩张，或者辐射，最后依赖于理性的组合，而这类组合说到底是叙述"。说到底，《河岸》的旨趣最终还是落到叙述"故事"上面来，叙述"关于河流的故事""受难求救的故事""寻求天堂的故事""关于寻找的故事"……②"故事"是个生活性的概念。"故事"自然是围绕人，围绕人的生活展开的，"故事"自然要立足于特定的时空，自然也就与俗世生活和历史两个维度不期而遇。至此，在《河岸》之后，在"新历史"的高调之后，我们如何阐释《河岸》，进而重新阐释苏童的小说特色，就成为一个绕不过去的新问题。应该说，《河岸》中是有"历史"的，但那是一种"三十年河东，三十年河西"式的历史，是生活论视界的"历史"。而这个历史的沧桑背景下，人生浮沉，世事如烟，让人们不能忘却并念兹在兹的正是世道人心。苏童正是在这个立场上让

① 苏童等：《第八届"华语文学传媒大奖"专辑》，《当代作家评论》2010年第4期。

② 苏童：《关于〈河岸〉的写作》，《当代作家评论》2010年第1期。

叙写世道人心走上了"历史"幕布下的小说前台。他不会为了历史而写历史，自然也不会为了世相而写世相，小说家的真正命意在于写心史，在于为生活、为历史、为世道立心。最近读到张未民先生出于生活论的观点而倡言"为生活立心"，并提出在历史时空中立"史心"，在现世过程中立"世心"①，我想正可援用此来阐释《河岸》，它正是一部为生活立心之作，而"世心"和"史心"的交融与互证，支撑起《河岸》丰盈多姿的故事世界。

一、从"世心"到"史心"

《河岸》的故事缘起于几个来历不明的人物世俗生活中的困境与遭遇，库文轩和库东亮父子、慧仙乃至傻子扁金，穷其一生都为"身份"所困扰，小说的叙述就在几个主要人物在现世生活中寻求、确证自我身份的升降浮沉中行进，一幅幅或阴郁，或明丽，或诡秘，或敞亮的人情世态的画卷由此展开，《河岸》的"世心"，也经由人物在"河与岸、记忆与遗忘、光荣与羞耻、罪恶与救赎、遗弃与接纳、父与子、爱与恨"之间的徘徊、惶惑、焦虑、挣扎而显现②。

库文轩本来是一个来历不明的孤儿，兼具"马桥镇孤

---

① 张未民：《回家的路 生活的心——新世纪中国文艺学美学的"生活论"转向》，《文艺争鸣》2010年11月号。
② 苏童：《关于〈河岸〉的写作》，《当代作家评论》2010年第1期。

儿院里最脏最讨人厌"的劣迹，因"屁股上的鱼形胎记"而被封老四指认为烈士邓少香的遗孤，接下来的生活风生水起，上学、工作，直至占据油坊镇的权力中心，其间还声色大开，犯下多宗生活作风错误；一个神秘的"烈士遗孤鉴定小组"忽然降临，以莫名其妙的方式褫夺了他的烈属光环，于是一切权力、地位和有尊严的生活刹那间烟消云散——库文轩被放逐到向阳船队，重归来历不明的人群，甚至有流言称他是已故的风流成性的河匪封老四的私生子。为了重新确认自己的"烈属"身份，库文轩日益陷入偏执、阴鸷、压抑与自我囚禁的泥淖中不能自拔，甚至以自我去势的极端方式来"赎罪"。在这个人物身上，苏童对所谓"历史血统正确性和他的性能力成正比"以及"纪念碑作为一种历史'雄伟符号'与性的狂欢冲动的消长关系"[1]着墨甚浅，换言之，以性的冲动、放纵乃至萎缩来隐喻"变调的历史"来阐释《河岸》，只不过是批评家一厢情愿的理论冲动，苏童将更多的笔墨用在了由库文轩的身世浮沉所辐射出的世态炎凉、人情冷暖上。鉴定小组驾临后，库文轩一家平静而有地位的生活被打破，先是油坊镇的居民们掀起了一股鉴定胎记的浪潮，"那年秋天油坊镇上忽然流行胎记热，人们狂热地探究着亲朋好友的胎记，同时也从别人的嘴里探听自己胎记的大小形

---

① 王德威：《河与岸——苏童的〈河岸〉》，《当代作家评论》2010年第1期。

状……"其后关于库文轩伪造烈属身份的传言四起，儿子库东亮成为众人耻笑的对象"空屁"、妻子乔丽敏绝望而又决绝地离去、岸上人驱逐了这对落魄的父子、傻子扁金加入竞争烈士遗孤身份的行列……

可以说，库文轩的身份谜团只是一个楔子，精彩的大戏在岸上人、船上人乱哄哄你方唱罢我登场后才真正开锣，"我"（库东亮）就是那不时撞击现世铜墙铁壁的锣槌。小说开头就交代，"一切都与我的父亲有关"，因为父亲失势，"我"养尊处优的生活转瞬间化为泡影，沦落为备受歧视的船民，一切针对父亲库东亮的猜忌、嘲弄、报复，以及父亲自戕式的自我惩戒与救赎，皆由"我"的生活遭遇折射出来。在"我"十三年的船上生涯中，岸上的生活始终是"我"所向往却无法实现的；河上生活是"我"厌弃却无法逃离的，因为父亲深刻而决绝的救赎，"我"受到严密的监控和防范，任何与"进步"无关的举动、想法都会遭到父亲严厉的惩戒。"我"在生活中见识了人情冷暖、世态炎凉，也体味到了隐藏在历史、意义、价值的虚妄与真正的生活的要义。库东亮上学路上与七癞子姐弟发生争执，手中的奶油面包被七癞子盯上。七癞子认为东亮的父亲都被揪出来了，因此他再吃面包，显然就失去了公平性——小说暗示出"吃"即生存之欲的满足，关乎世俗生活世界的伦理秩序和道德评判。为了让弟弟吃上面包，七癞子的姐姐顾不得"人穷志不短",从东亮手中抢面包,并且搬出了阶级斗争的话语利器:"这不叫抢,这叫无产阶级专政……我们家是革命群众,你们家是河匪,是反革命,是走资派,是资产阶级修正主义,我们不是抢,是对你无产阶级专政!"随后,她又送给东亮一个绰号——"空屁","那是河两岸流传了几百年的土语,听上去粗俗易懂,其实比较深奥,它有空的意思,也有屁的意思,两个意思叠加起来,其实比空更虚无,比屁更臭"。围绕一个面包,"公平""无产阶级专政""空屁"轮番上阵,苏童的高明之处也就在此:用一件不起眼的小事儿,让库东亮,也让读者看到,世俗生活中的伦理道德、现代意识形态甚至传统民谚俗语中的民间意识,皆不过是在"吃"的嘴脸上涂抹一层理直气壮的油彩罢了!

只有在世俗生活欲求的体味和"了解之同情"中,才能使《河岸》纷繁复杂的众生相内里"人性的皱折"豁然明朗。《船民》一章,小说写船民们"做贼心虚,不做贼也心虚",面对突如其来的"整顿"和"监督",先是溃不成军,四处奔逃,后来委曲求全,有条件地接受监管,船队队长孙喜明对治安小组负责人王小改开出的条件竟然是:"你爹不是管菜场吗,待会我们去菜场,你让他们把新鲜的猪肉拿给我们,我们船民一年四季吃不上新鲜肉呀!还有你姐姐不是杂货店主任吗,我们去买个菜籽油红糖什么的,就让她别跟我们要券了……"在以启蒙、革命、政治、精神为主导的话语和生活结构中，用自由换食物、拿尊严换生存显然是贪图小利，苟且偷生。所以有评论者认为这个情节展现了"革命政治对日常生活"的"强势进入"及其造成的"船民对于政治以及与此相关的政治责任的畏惧"①。在我看来，这样的解读固然契合了"思想史意义"上的"文革"叙述，却在有意无意间忽略了苏童在叙述中对调整和修剪"文革"记忆的"理性"的警觉、对"历史建构"的有意规避。以生活之心体察船民们的举措，恰可从中读出一种柔弱者应对强势力量的生存哲学和生活智慧，那就是要"活着"，"'生活'的要义在于一个'活'字，正如'生命'的要义在于'命'，'生存'的要义在于'存'"②。正如小说借守夜人老邱之口所说的："空屁你拉这纪念碑上船干什么？给你爹做纪念去？其实就是块石头嘛，拖来拖去也不嫌累，我看你爹脑子里都是糨糊，是烈属怎么样，不是烈属怎么样？过日子才要紧，健康才要紧嘛！"

在特定的历史情境中，这种哲学和智慧，何尝不是对革命话语、建设话语、启蒙话语对人的异化的反拨？历史的紧张又何尝不是在这种哲学和智慧的参与、调和中得以稀释、获得平衡？由此，《河岸》的"史心"借"世心"而显现，

① 沈杏培：《我们如何叙述文革——以苏童新作〈河岸〉的解读为例》，《南京师范大学文学院学报》2010年第1期。

② 张未民：《回家的路 生活的心——新世纪中国文艺学美学的"生活论"转向》，《文艺争鸣》2010年11月号。

历史的沧桑与纵深也不唯展现为作家的历史关切、反思、批判，而是向生活敞开了大门——从"世心"写"史心"，由"世心"指向"史心"，生活之心化解了来自现实情境和过往历史令人窒息的沉重，芸芸众生的世俗生存欲求的积淀、层累，重构了历史的样态和底色。由心来包容生活、体验生活、感悟生活，世道人心和历史也就都得以呈现出来了。人心恒久远，世事在人心。

二、从"史心"到"世心"

我很赞同吴义勤先生的说法："《河岸》中的'历史'，既没有被悬置，也没有被刻意地批判，而是作为一种被宽容与理解的'境遇'或象征，成了作家展现坚硬的人性锋芒的舞台。"[①]"宽容"和"理解"其实是一种包容的、整体性的生活史心，《河岸》的历史叙述说到底是一段中国人在特定历史情境中的生活史，在其中，各色人等的生活追求和生命意义被等量齐观地展现出来，并在一种饱蘸悲情的叙述中达成和解。库文轩阴鸷酷烈的精神救赎，乔丽敏和慧仙爱慕虚荣好高骛远的名利生涯，以及"我"游移不定的寻求幸福之路，在苏童的笔下尽管面目殊异，却最终都成为下面这句话

---

① 吴义勤：《罪与罚——评苏童的长篇新作〈河岸〉》，《扬子江评论》2009年第3期。

的注脚——"三十年河东,三十年河西"。

"三十年河东,三十年河西",再加上"历史是个谜",架构起《河岸》从"史心"到"世心"、将历史情思与体悟注入现世人物生活际遇与光景流转的历史叙述。这两句话很容易使我们想起"四大奇书"之一的《三国演义》开篇的"天下大势,分久必合,合久必分",以及它所引用的杨慎的《临江仙》:"是非成败转头空。"① 按照字面的意思及逻辑来理解,历史无非是方生方死、方死方生的循环复现,幽邃、神秘、虚无也就成为历史一贯循环往复的本质所在。《三国演义》对历史所做的阐释,正是如此,全书以一首古风作结,篇末说"纷纷世事无穷尽,天数茫茫不可逃。鼎足三分已成梦,后人凭吊空牢骚"——既然一切历史门户的开阖终归寂灭,作者又何必枉费心机庸人自扰地去叩问并不存在的"历史的真相"?

历史的虚无终究是观念上的,生活于历史中的人却是"活泼泼"不容忽视的实存,因而,将目光投射于人及其生活而非外在于人的观念性历史,发现、搜罗、叙述、敷演生活庸常中的奇迹、暗淡中的光辉、真实中的梦幻——"传奇",便成为罗贯中们"演义"的旨趣所在,进而会聚为中国洋洋大观的"奇书"序列。所谓"奇书",指那些与肩负社会重任、图绘正统思想观念、以再现现实本质和呐喊时

---

① 罗贯中:《三国演义》,岳麓书社1986年版,第1页。

代精神为己任的"正书"相对而言，以"搜奇""传奇"为创作方法，以"显示"自身的"奇异"和"奇异"自身的"显示"为目的，具有超越平庸气质的奇妙文学境界的伟大叙事①。比如《三国演义》中"美髯公千里走单骑"的美谈、"汉寿侯过五关斩六将"的惊心动魄……本来，"小说家者流，盖出于稗官，街谈巷语，道听途说者造也"（《汉书·艺文志》），小说家笔下的历史，人们未必信从，小说家自己也未必真以史笔自居。"补正史之阙"往往是小说家虚晃一枪的招牌，魏晋风流、唐人传奇、宋人掌故，及至明清的"拍案惊奇"系列、"四大奇书"系列，洋洋大观的小说家言与其说是"稗官野史"，毋宁说是以"史心"见"世心"、借敷陈历史言说世情百态。《河岸》可以说是这一奇书传统的当代延伸和修复，它一方面延续了从"史心"到"世心"的叙述传统，另一方面又将所传之"奇"从英雄好汉、神魔鬼怪拉回地平线，叙述平常人生活耳目之内、情理之中的奇观，小说最后写到父亲的自戕：

> 这是一个奇迹，我父亲生命的最后一刻和纪念碑捆在一起，成为一个巨人，我拉不住他，一个巨人投奔河流，我拉不住他。然后，我的眼前突然一片虚无，金雀河面上响起爆炸似的一声巨响，水花

---

① 张未民：《奇书的产生》，《批评笔迹》，吉林人民出版社2002年版，第123—131页。

四溅，岸上一片惊呼，我父亲不见了，纪念碑不见
了，巨人也不见了，我没有留住父亲，只留住了父
亲的一只海绵拖鞋。

偏执于来历和历史，要求重新确认身份的库文轩苦行
了十三年，终于以一种暴烈、锐利的方式冲撞并进入了历
史。"我"并不认同父亲的生活追求与方式，苏童显然也不
认同他笔下的库文轩的生活追求和生活方式，但他毫不吝
惜，将这种诗化的、激烈的甚至悲壮的语言赠予这个偏执怪
谲的意识形态迷狂者，说明不仅"我"，而且作家本人也与
前者、与历史达成了谅解。促成对立双方和解的并非库文轩
之死，而是一颗包容的、善于体察和尊重人性、生活乃至历
史复杂性的整体性生活之心。这在《河岸》对人性复杂面
目的复原中体现得尤为明确。"抓阄"一章，故事由一场争
夺慧仙的争执拉开大幕。"船上人"各安心思，有人想要个
"女儿"，有人想养个"媳妇儿"，还有人生怕招来累赘，而
"我"则想要个"妹妹"……为了争夺小慧仙，樱桃母亲和
孙喜明女人甚至互戳伤疤，引发了船队史无前例的对骂——
"船队家家有污点，家家的历史都不清白"，"船上人"的尖
刻、丑行，借由"船上人"的热情与善良展现出来，就像小
说所言：

说不清慧仙身上有什么神奇的魔力，她似乎用
小手解开了船队最神秘的一口黑锅，船民的慈爱与

怜悯从锅里飞出来，各自的心计从锅里飞出来，互相的怨恨也从锅里飞出来了。

苏童曾说，"一个人在精神上，也是站在这个世界的两侧跳跃，他没有中心，这个中心是不存在的"①。不仅船民们个个是集善与恶、美与丑、高尚与卑鄙于一身的复杂个体，"我"也是一个时时游移、纠结于人性两极的复合体。"我"明知"父亲在血缘上与一个傻子竞争，已经竞争了好几年了"，"这场奇怪的竞争让我感到屈辱"，但为了把父亲从绝望的深渊中拉回，"我"也加入了与傻子竞争的行列，把象征"烈士"身份的纪念碑弄到船上。其间"我"经历了一次痛苦的抉择：是花五毛钱搭车到"幸福"去，还是替父亲背负沉重的历史纪念碑？他说："五毛钱去幸福。去幸福去。那么好的地方，那么便宜，可惜我去不了了。"——"我"反抗乃至仇恨自己的父亲，有自己的人生观和价值观，但却又不得不接过父亲背上的历史包袱——人性的复杂于焉彰显！在习惯了从文本中深度发掘普遍人性或借人性的深度发掘隐喻政治的西方评论家看来，《河岸》未免是"让世界难以理解"②的，然而这并不妨碍中国读者对《河岸》作"了解之同情"。作为一个文明大国，中国固然自古以来就流布

① 周新民、苏童：《打开人性的皱折——苏童访谈录》，《小说评论》2004年第2期。

② 康慨：《英国三大报评苏童〈河岸〉》，《中华读书报》，2010年3月31日。

着普遍人性论，如孟子的"性善论"、荀子的"性恶论"，但在这"中心"或"正统"之外，还延伸着"性无善恶"（告子）、"性超善恶"（庄子）、"性有善有恶"（世硕）、"性有三品（善、中、恶）"（王充）等边缘论调①。《河岸》所呈现的人性，虽然很难直接与上述人性论中的某一种直接对接，但它反抗、回避普遍人性论的做法，无疑与上述边缘话语形成了某种对话关系。在《河岸》中，历史的宏大与苍凉最终指向了芸芸众生的俗世生活，"史心"最终也指向、成就了"世心"。

余论：从《河岸》看新世纪文学的"中国经验"

为生活立心，由"世心"写"史心"、借"史心"蕴"世心"，"世心"与"史心"的交融互证，成就了《河岸》历史叙述的生活之心。《河岸》的生活之心，也就是作家的生活之心，以心去体味和开解世道人心，用心来把握和捕捉历史的华美与沧桑，把对历史的感悟、对现世的深情融入生活的体认与铺陈，这颗"生活之心"使《河岸》在新作、佳作迭出不穷的多元而丰富的新世纪文坛，无疑占据了重要的一席之地。因此，我想，它的分量，不仅仅体现为"先锋叙

① 张岱年：《中国哲学大纲》，江苏教育出版社2005年版，第184—206页。

事的集大成者"或"先锋叙事的终结者",更为重要的是,《河岸》以包容的、整体性的生活史心为我们探究新世纪文学的"中国经验"提供了一个很好的样本。苏童早期的创作无疑是"先锋"的,对语言的色彩和温度的执着成就了其颠覆、破坏传统的先锋品格,却也削弱了小说之为小说的内在力量,那就是丰盈饱满的故事、面相多彩的人物以及摇曳多姿的情致。苏童坦言"由颠覆和破坏带来的快感并不能维持一生的创作",因此在90年代以后开始"后撤",向传统学习如何"叙述"。关于中国文学传统,苏童曾说:"没有落后的文化传统,只有落后的文化传统的继承者。一切源于对自己身份的认定,对于任何一个文化传统,从长远来看,背叛者其实最后终归也是传承者,所以必须把自己视为传统文化的局内人,局内人自然是有责任的。说到我们对传统文化和传统美学的认识,……最好的传承是修旧如旧,拆一块补一块比推倒重来要好。"① 《河岸》对传统"奇书"叙述,亦即"世心"与"史心"互证的叙述方法的借鉴,无疑可以视为苏童修复文学传统所做的努力,而这也使得《河岸》本身跻身于中国文学传统的"奇书"序列,成为"传统文化的局内人"。从这种意义上讲,《河岸》就不仅仅是一部向传统致敬的力作,而是参与到整合、重建中国文学的整体性的伟大进程中来,这是新世纪中国文学最为值得瞩目的经验之一。

---

① 苏童:《关于创作,或无关创作》,《扬子江评论》,2009年第3期。

以博大的、包容的、熔铸精神与物质为一体的生活之心，更为宏阔的人类关怀，从人类整体性的视野出发，重塑人类生命共同体的生活史、呈现人类和谐共生的生活诉求和理想的文学，是我们能预见、也期待能够在未来读到的。

前度"贵族"今又来

——从潘婧中篇小说《展若》及刘再复的一次演讲说起

  任何人都无权剥夺他人生活的权利，这大概是常识，所以我们才时时对"文革"耿耿于怀——那旷日持久的意识形态迷狂摧毁了无数人的生活，又因为宏大历史对"文革"早已盖棺定论，因而用"个人史""家族史"或"地域史"的方式，重新讲述历史，自新时期以来在文学界便不绝如缕，到了新世纪更蔚然成风①。所谓"补正史之阙"，大概依然是中国文学家尤其是小说家们念兹在兹的使命吧！不宁唯是，敢于担当的作家在这勇气之外，还因为他人的反驳、"真理"的晦暗不明，对自己的笔下的"历史"充满了带有某种崇高意味的乐观，就像莫言在一篇文章中说的："我的声音，我的话，对于保存事物的真相，就具有了非常重要的意义。"②

---

  ① 关于新世纪文学的历史叙事，可参看王德威：《世事（并不）如烟——"后历史"以后的文学叙事》（《文艺争鸣》2010年10月号）、陈晓明：《新世纪文学："去历史化"的汉语小说策略》（同前）等文章的论述。
  ② 莫言：《"我"是唯一一个报信人》，《文学报》，2010年9月2日。

莫言突出的是"我",即一个作家之于历史的重要意义。在这里,"真相"与其被理解为历史真实,毋宁理解为对宏大历史洪流中个人体验、意义、价值的关切,这才是文学家的"正经"。毕竟,我们处在一个分工日益精细化的时代,文学叙事再详备周密,也敌不过一部考订精致的"年谱"的"权威性"。更何况,"我"并非纤尘不染的叙述者,"我"的历史叙事羼杂着"我"的前史、"我"的立场、"我"的情感和"我"的想象。简言之,"我"是谁、"我"如何叙述历史,是理解、阐释和判断小说家图绘的历史景观的关键。从这种意义上讲,潘婧对"那些充满了庄严的悲戚'文革'故事"的调笑,就不再仅仅是"笑"而已,而是寄予着对"暧昧不清"的历史的严肃反思,对"记述真实"的渴望[1]。也因此,她的中篇小说《展若》通过不惜"拘泥于时间"、割爱文学的抽象和永恒来呈现的"历史",更应该受到关注、反思:这篇被作家自期为《光荣与梦想》的小说记述了谁的历史?它如何记述如其所言的真实?这"真实"具有何等品质?对于这种"真实"背后所寄予的"贵族"精神的标榜,我们又当采取何种态度?

从叙事上说,《展若》所讲述的是一个"清高""孤傲""独立不羁"的上层女性在"文革"中曲折、艰难的人

---

[1] 潘婧:《展若》,《上海文学》,2010年第10期。本文所引《展若》均同此出处。

生经历。展若出身于知识分子家庭，她的父亲在新中国成立后"受到 50 年代麦卡锡主义的排斥，于是放弃了国外优裕的生活与科研条件，回到大陆，成为著名的爱国知识分子"；她的母亲则是一位医生，是"旧生活方式的为数稀少的残存者"，她在自家的庭院里，"穿着浅蓝色的布旗袍，带着牙雕胸花和象牙耳环，提着白铁皮的喷水壶"——这位穿着考究，气质优雅的女士，正如作者所言，"在旧中国受过高等教育，在新中国却退职不肯工作"——有了这样的家庭背景，我们不难想象展若是怎样一个人了，她"高贵""忧郁"，对宗教和艺术耽迷不已，在接人待物方面"冷漠、戒备、拒人于千里之外"，甚至拒绝参加拍摄毕业合影。这样与世道格格不入的贵族，自然在生活中被孤立，尤其是在新中国成立后的历次政治运动中，因为"不肯用农民的饭碗"，"自修一套资本主义国家出版的教材"受到批判，在"文革"中，因为混乱的男女关系而遭遇悲剧——按照寻常的套路，展若自然是情窦初开，执着坚韧于爱情理想的。

这样一个寻常甚至落入俗套的故事，之所以引起我的关注，并不在于塑造的人物形象的卓尔不群或寓风云惨淡于平淡从容的叙事笔调，甚至不在于其"白头宫女在，闲话说玄宗"的沧桑之感，而是作者反思历史的立场、心态，让我读后如鲠在喉，不吐不快。如前所述，这篇小说可谓是一篇祭文或悼词，为了纪念那些不应被忘却的"贵族"或高贵的人。这是无可厚非的，在一个众声喧哗的时代，我们尊重一切负责任的历史言说，即使它有偏颇。然而，如果这种言说变成了戏说、胡说，我就感觉有责任站出来也"胡说"一番了。《展若》所痛恨的，是那段打倒一切，尤其是打倒"贵族"的历史，这大概是今天我们难睹贵族风采的原因，然而《展若》却陷入了更为严酷的非此即彼的思维逻辑中，那就是用"贵族"打倒一切，尤其是打倒"大众"，它频频在对展若及其父母进行一番高贵优雅的想象后，不忘在"大众"头上猛踩几脚，诸如"大众虽然易于崇拜臣服于专制的权力人物，但同时又不肯容忍过于出类拔萃的个人"，这种贵族气质的傲慢与偏见，让我不由得想起刘再复于 2008 年所做的一次演讲《中国贵族精神的命运》①。在这篇演讲中，刘再复猛烈抨击五四新文化运动对中国贵族精神的伤害，认为"五四"混淆了贵族特权和贵族精神的概念，一并打倒，应对中国贵族精神的缺失负责。而中国社会所暴露的诸种问题，诸如"精神贵族的消失""象牙塔之瓦解""审美趣味的弱化""痞子精神、流氓精神的大肆泛滥""富了之后不知所措"等，皆可以一剂"贵族精神"的灵丹妙药化腐朽为神奇。且不说刘再复为中国所开出的药方是否能产生一劳永逸之功，但看他所说的"贵族精神"是一种什么样的精神气

---

① 刘再复：《中国贵族精神的命运》，见徐晋如：《高贵的宿命——一个文化遗民的怕和爱》（序），华龄出版社2010年版。

质，又有何种渊源和背景。

"自尊精神（荣誉感）""原则精神""低调""淡泊名利"
被刘再复认为是贵族精神的内核，而其外在表现，大概有屈
原、普希金之类品格的高洁，嵇康、拜伦的精神的雄健，巴
扎洛夫（屠格涅夫《父与子》中人物）的新奇的高傲，俄国
十二月党人的理想的卓越，托尔斯泰等道德的完善，沈约和
法国古典主义艺术形式的精致……这张网络了古今中外优秀
人物的名单似乎无可辩驳地支撑起贵族精神的源与流，气势
排山倒海，雄壮有余，内里却难有一以贯之的底蕴，于是刘
再复搬来了尼采的大纛。众所周知，尼采是强烈标举贵族精
神和贵族气质的，他的"超人"理论的提出，即是不满于人
类日趋平庸、柔弱而开出的药方。在将此篇演讲作为序文的
《高贵的宿命》一书中，徐晋如又为贵族精神扯来了叔本华
的大旗。刘再复说道："由于中国没有形成贵族传统，便出
现了阿Q也做皇帝梦，刘邦、朱元璋也可以当皇帝的现象，
以及苏秦开始的以'布衣卿相'取代世袭贵族的现象，这在
欧洲是不可思议的。"①徐晋如更加坦诚地说："我对底层从来
不抱好感。尽管底层当中有时也产生一两个天性高傲、心灵
上倾向于独立自由的人，绝大多数情况下，底层所产生的只

---

① 刘再复：《中国贵族精神的命运》，见徐晋如：《高贵的宿命——
个文化遗民的怕和爱》（序），第7页。

能是对优秀人群抱有深怨恨者"①——这与中篇小说《展若》的论调是暗自相契的。在《民族驳议》一文中，徐晋如更对"民主"做诛心之论："民主之实质，厥在推最低层次之价值为全社会之共同价值。"②不用更多引述，我大概知晓，《展若》、刘再复、徐晋如的基本立场了，那就是民众是愚昧无知的，民众的价值是低层次的，尤其是底层，除了怨恨优秀的人外，几乎产生不了值得关注的言论和想法。那么贵族又何以高贵呢？因为他们接受了知识的教育、文化的熏陶、思维的训练，因而具有了血统和文化上的先在优越性，也因此具有天赋的统治、教化民众的权力。

我想，以上"贵族精神"的倡导者们大概忘记了他们所一再引用、尊崇的孔子的教诲："弟子入则孝，出则弟，谨而信，泛爱众，而亲仁。行有余力，则以学文。""子夏曰：贤贤易色；事父母能竭其力；事君，能致其身；与朋友交，言而有信。虽曰未学，吾必谓之学矣。"（《论语·学而》）在中国儒家传统所讲求的君子修身之学中，"知行合一"一直被标榜为最高境界，而关于先"知"，还是先"行"的争论，尽管宋儒和明儒们有不同的见解，但在孔子及其弟子那里，显然"知识"是要让位于"行止"的。也就是说，学习知识

---

① 徐晋如：《应该如何为知识分子除魅》，见《高贵的宿命——一个文化遗民的怕和爱》，第7页。

② 徐晋如：《民主驳议》，见《高贵的宿命——一个文化遗民的怕和爱》，第14页。

的目的在于行止合乎伦理道德规范，如果一个人能做到忠孝节悌，即使没有学问，也达到了"学习知识"的目标。这在明代心学家那里更为明确，比如陈白沙的弟子贺钦主张"吾人之学不必求之高远，在主敬以收放心……故推之家庭里闬间，冠婚丧祭，服食起居"①。强调"不必求之高远"并非没有道理，事实上，不及物的虚空玄远之论所造成的"空谈误国"的历史不仅在中国古已有之，在"高贵精神"倡导者们所心驰神往的欧洲，又何尝未有？以最近的典型为例，海德格尔知识的庞富高远恐难有人企及，而他公然为纳粹张目的丑行，又岂能以空谈误国言之，简直可直斥为空谈助恶？知识，作为判断人的价值高下的依据又从何而来？再者，驳斥民主、倡导尼采、叔本华的超人哲学、权力意志论的理论和现实危险也早已是有征于史迹的。尼采的超人哲学将雅利安人诩为最高贵的人种，叔本华的权力意志开启了独裁的理论论调，如果说这二人仅止于"知识"的层面，那么后来希特勒与纳粹德国所进行的"纯洁人种"计划可谓"知行合一"了。对于臭名昭著的奥斯维辛，我相信，尼采和叔本华自然是不想也不愿看到的，但谁能否认纳粹罪行与其理论的逻辑契合？说民主是"将最低层次作为全社会之共同价值"，仇视底层，则更是无稽之谈！刘再复只抨击传统"布衣卿相"取代贵族的现象，却为何不反思，贵族为何被底层布衣取

---

① 黄宗羲：《明儒学案》，中华书局2010年版，第99页。

代？如果一个社会连"最低层次"之共同价值都无法实现，又谈何"高层次"？刘再复标榜屈原为贵族精神的代表，殊不知屈原正是他所属的贵族的叛逆，否则又怎会"信而见疑，忠而被谤"？贵族之所以成为"贵族"，其首要条件就是拥有特权，因而也有余暇从事知识、艺术的研究和创造，如果特权被取消，日日为生计所迫，又如何得闲沉潜把玩些精致的宁馨儿？底层、大众除了莫须有地"仇视""怨恨"贵族外，又给人类带来了什么伤害？细数人类历史上重大的人为灾难和悲剧，又有哪些不是高举着高贵、理想、超越的旗号为之的？就此而言，我更愿意相信鲁迅先生的说法——"饥区的灾民，大约不去种兰花，像阔人的老太爷一样，贾府里的焦大，也不爱林妹妹的。"[①] 显然，所谓"贵族精神"不过是抽空了概念的历史背景和文化内涵的空疏之论，妄图拔着自己的头发离开地球罢了！

我的这通"胡说"，有感于一篇小说，而激起于刘再复、徐晋如等人的"贵族"论调。本来，"小说家者流，盖出于稗官，街谈巷语，道听途说者造也"，所以"小说"之于"正史"而言，仅能备一家之言而已；何况而今已是"文学"绝对"自觉"的年代，小说的叙事，自然免不了羼杂大量的情感与想象，然而小说家们对此不以为然，或者他们

---

① 鲁迅：《"硬译"与文学的阶级性》，《鲁迅全集》第4卷，人民文学出版社1981年版，第210页。

只想到了反思、质疑和颠覆正史，却忘记了自己的话语也是"话语"——有哪一个不宣称或暗示自己对历史理解和图绘的"真实性"呢？也确实，部分小说家的反思、质疑和颠覆表现了自己对历史的严肃思考。诸如张贤亮、茹志鹃、王蒙、余华、莫言、张炜……不管是"反思文学"，还是"伤痕文学""先锋文学"乃至"新世纪文学"，总有那么一些作家，因为他们的反思和质疑，值得我们致以崇高的敬意。之所以向他们致敬，是因为他们在个人体验和情感、思想的呈现中流露出对整个民族、国家历史的关切，对几代人生活苦难和精神创伤的悲悯。他们经历了苦难，故而写得真切、犀利；他们不斤斤计较于个人或某个阶层的苦难，故而写得深刻、睿智。这样的小说，这样的文学，因其不偏不倚，不左不右，而具有了高致，其价值不仅仅在于"补正史之阙"，甚至可以拿来与正史对读，以获得历史的"真实"。究其原因，就在于他们能超越一己的得失，能关心绝大多数人的生活吧？也有一些小说和小说家，同样在叙述"文革"，重塑历史，却采取了不同的姿态和方式，比如《展若》，又比如《风和日丽》《好儿女花》，在对某个"高贵"的人物、优雅的形态浓墨重彩的同时，始终对践踏大众、底层的尊严念兹在兹，这与他们所反思与批判的苦难和暴行，在思维乃至行为方式上又有何二致？

人类历史选择了知识产生价值、文化引领方向的进程，是我们无可置喙的，然而这绝不意味着知识分子、文化人被赋予挤压、漠视其他阶层的权力。但历史的事实常常在于，知识分子和文化人在经历一场场自己也倾情参与发动了的苦难后，扮出一副无辜受难的委屈相，一边强调他人罪恶罄竹难书，一边将一切责任撇清，仿佛自己不谙世事，躲进空洞无物的象牙塔中把玩雅致、标榜清高，这也是历史的吊诡之处吧！

"来了！'人性论'又出来了！"

——当下文学批评中的"人性"论

一

在新时期以来文学批评的话语丛林中，大概没有哪一个概念能与"人性"的出现频率相提并论。如果我们翻开时下任意一种文学评论期刊或报纸，就会发现"人性"的标签扑面而来："人性的沉沦与救赎""人性的大胆释放""人性的剖析""人性的拷问""人性的诉求""人性的光辉""人性的阴暗""人性的复杂与缠绕"……看起来，任何文学叙事在"人性"面前似乎都能条分缕晰，再复杂的文本结构一旦遭遇"人性"的灵丹妙药，也会俯首称臣，现出原形。

"人性"成了文学批评家手中的利器，无往不克、包治百病！

这当然不是危言耸听。不唯文学批评，就连治文学史，也有一种唯"人性"是从的习气。如在时尚的文学史叙事中，20 世纪以来中国文学的现代转型历程被描述如下：现代意义上的中国文学肇基于周作人的"人的文学"观，勃兴于梁实秋的"人性论"和"自由人""第三种人"的"文艺自由论"①，中衰于钱谷融"论文学是'人学'"的折戟沉沙②，又在新时期以来"人的重新发现"的文学潮流中得以复兴③——前面提及的"人性"论话语在当下文学批评中泛滥成灾的情形，正可视为这一历史结出的果实。

"人性"论文学观在过去一个世纪中的艰难跋涉，与"人性"论话语在当下文学批评领域的铺张扬厉之势，构成了"人性"得以凌驾一切文本、文学观念的两翼。

于是乎"人性"论就成了"超越血缘、地缘之上的人类共同的认知"，"浩浩荡荡的世界大势"④。顺之者昌，逆之者可能会在当代文坛和学术界的话语场中灰飞烟灭！带着这样的信念从事文学批评与研究，自然期待能从更为由"漫长的世纪、广阔的地域"所构成的巨大文学时空中获得更大的

---

① 黄修己：《全球化语境下的中国现代文学研究》，《文学评论》2004年第5期。

② 钱谷融：《论文学是"人学"》，《文艺月报》1957年第5期。

③ 何西来：《人的重新发现——论新时期的文学潮流》，《红岩》1980年第3期。

④ 黄修己：《全球化语境下的中国现代文学研究》，同上。

"人性"的"感动"①。这本来很不错，但"贤者以其昭昭，使人昭昭；今以其昏昏，使人昭昭"，便从历史的沉渣中唤醒了太多令人错愕、惊诧的"人性感动"：诸如从《海上花列传》《九尾龟》《海上繁花梦》里去寻找近代妇女解放的"开路先锋"②，从《子不语》《阅微草堂笔记》《封神传》里发掘"人性的张扬"③，从《肉蒲团》《如意君传》里获取"人本主义和'自然人论'的灵光"的启迪④……当学者们高高地举着"人性论"的放大镜肆无忌惮地开疆拓土时，却又是何其健忘——须知，在"人的文学"的首倡大家周作人眼中，这些"色情狂的淫书""迷信的鬼神书""妖怪书""才子佳人书"，统统只有一个名字——"非人的文学"！⑤

这些"妨碍人性的生长，破坏人类的平和的东西"，如何在百年后摇身一变，竟然堂而皇之地成了人性的渊薮、现代"主体"的先锋？

---

① 章培恒、骆玉明：《关于中国文学史的思考》，《复旦学报（社会科学版）》1996年第3期。

② 纪美云：《青楼里的开路先锋——近代妓女与妇女解放》，《明清小说研究》2004年第1期。

③ 张泓：《〈阅微草堂笔记〉与〈子不语〉反理学倾向之异同》，《沈阳师范大学学报（社会科学版）》2010年第4期。

④ 筱櫶：《〈如意君传〉与〈金瓶梅〉的人文意义》，《文史杂志》2013年第2期。

⑤ 周作人：《人的文学》，《周作人自编文集·艺术与生活》，止庵校订，河北教育出版社2002年版，第13页。

二

这一乱象的背后，自然有很多个人因素。因为"学界许多行话、切口、口诀、秘传，大抵如此。无须真懂，只要学会咒语，会摆腔调，就可以把臂入林，坐而论道，彼此分一杯羹了"①。如此说来，"人性"确已成了在文学批评和研究界畅行无阻的硬通货，似乎只要挟带着"人性"的咒符，就能突破一切时空的壁垒；只要把这个标签贴上，再辅之以"美好/丑陋、光明/阴暗、本真/扭曲、善/恶"等状态描摹或"剖析、审视、叩问、反思、悲悯、拯救、守望"等动作呈现，任何文本的意义和价值就会自动呈现。因为——

> 当我们把人和人性化为上帝之时，我们的文学批评就有了价值的灵魂，我们也就能够游刃有余地去把握客体的对象，对文学思潮、文学现象、文学作家和文学作品做出自主而合理的批评与价值判断。②

其实，如果把这一句式中的"上帝"也就是"人和人性"，换成"人生""历史""阶级""社会""革命""意识形态""生命本体""审美意识形态"乃至西方先哲口中的"理

---

① 郜元宝：《话语、咒语、腔调与"现代性"》，《文艺争鸣》2010年第10期。

② 丁帆、傅元峰：《当我们把人和人性化为上帝之时——丁帆教授访谈录》，《中文自学指导》2005年第6期。

念""绝对精神"与中国古人所说的"志""道""情性""天地元气"……大概也都能说得过去，至少在逻辑上同样自洽——问题恰巧就出在这儿——我所列出的这些备选条目，都曾经宣称自己是文学的"上帝"，也都在一定时空内君临文学创作和批评，不过在今天，它们不是早已供奉在文学观念史的博物馆里，就是笼罩在"人性"论的阴影中兀自沉潜蓄势，或挣扎喘息。

"城头变幻大王旗"，不变的是文学这座城池。如果我们虔诚地信仰"文章，经国之大业，不朽之盛世"，就会被《诗经》里的头一篇给吓得"只好磕头佩服"；当这种观念不再是"上帝"、不再是"价值的灵魂"时，"关关雎鸠，在河之洲，窈窕淑女，君子好逑"就成了"漂亮的好小姐呀，是少爷的好一对儿！"[①]然而，《关雎》仍然是文学，并不因文学旧"上帝"的逊位而失色。可见这"上帝"和"价值的灵魂"并非万古长存。

"文学是人学"，这话并不假，然而也只有在特定的历史时空和文本场域里，它的价值和灵魂才能显现出来。否则，这就是一句空话，有时候甚至是笑话。许多年前，一位长期研究西方文论的教授曾对我说："文学当然是人学！——阿狗阿猫当然写不出文学！"我们都知道，"文学是人学"的

---

① 鲁迅：《且介亭杂文·门外文谈》，《鲁迅全集》（第六卷），人民文学出版社2005年版，第96页。

初衷，大概是以文学的形式"尊重人的主体价值，发挥人的主体力量"①。然而，当这种诉求膨胀到要"在文学活动的各个环节"包括文学理论与文学史研究系统中"以人为中心，为目的"②时，那些不幸生活在"人道主义"尚未发蒙之时代的人们，那些原本没有"尊重人的主体价值""发挥人的主体力量"甚至泯灭"人的主体价值"、消解"人的主体力量"的文学作品，就成了烫手的山芋——要么像周作人那样干脆利落，直接宣布它们都是"非人的文学"；要么像前文罗列的文章一样，举着"人性"的放大镜，"吹毛求人"！

或许，还有第三种办法，那就是承认这些作品是"文学"——即便是"非人的文学"，也要研究分析这种文学到底是什么"学"、表露的是什么"性"？然而，对于真理在握，习惯了用"文学发于人性，基于人性，亦止于人性"来独断地为文学制定"纪律"的人来说③，又怎会轻易允许"人性"的上帝治下存在"人文精神"烛照不到的盲区？

1978年，当"人性"刚从作为"邪恶的、修正主义的同义词"的境地中解放出来，饱受压抑的人们委屈地质问道："人性，是不是真的这么可怕呢？"④孰料三十余年后

① 刘再复：《论文学的主体性》，《文学评论》1985年第6期。
② 刘再复：《论文学的主体性》，同上。
③ 梁实秋：《文学的纪律》，《文学的纪律》，新月书店1931年版，第19页。
④ 陈丹晨：《文艺与泪水》，《网"外"放谈》，青海人民出版社1986年版，第7页。

的读者在翻阅文艺评论报纸、杂志时，竟然又会惊呼："来了！'人性论'又出来了！"——只不过这时的心境并非恐惧、害怕，而是不胜其烦。

<h2 style="text-align:center">三</h2>

我当然不是否定"人性"论在 20 世纪中国文学史中的显赫地位。对文学史稍有了解的人都记得胡适的话，"新文学运动"的"中心理论只有两个：一个是我们要建立一种'活的文学'，一个是我们要建立一种'人的文学'"[①]。事实上，"人的文学"以及"人性"论，在过去的一个多世纪中，尽管争议不断，甚至受到过强势的压制，但已经获得了充分的张扬，形成了稳固的文学"传统"。

然而，文学史常识还告诉我们，在"人的文学"传统之外，我们还有"人民文学"的传统、"革命文学"的传统；就更为久远的文学史而言，我们还有"言志"的文学传统、"载道"的文学传统、"体物"的文学传统；环顾当下的文坛，文学的丰富性和多样性更非哪一种观念和话语所能宰制。"人性"论在过往的历史中所遭受的压抑和批判，并不能成为它在当下文坛横扫异己、遮蔽历史的底气。"人性"

---

① 胡适：《〈中国新文学大系·建设理论集〉导言》，《中国新文学大系·建设理论集》，上海良友图书印刷公司1935年版，第18页。

论在理论品格上所呈现出的追求"普世价值"的人文情怀，也不能成为它无视中国文学历史和现实的秘密武器。

有学者说，"人性标准在文学批评中之所以陷入困境就在于它把理想尺度当作一个现实尺度，来评价以现实人生为对象的文学作品"①。这当然是当下文学批评中"人性"话语无止休、无意义地重复和滥用的重要原因之一。而更进一步说，"人性"论的"理想尺度"，之所以在当下文学批评中缺乏文本穿透力和阐释有效性，还在于这种"理想尺度"并非天然的，而是在特定的历史语境中，面对强大但具体、明确的异己文学力量之时，人为建构出来的。它一旦被从生长的土壤中拔出、萃取、抽象，进而被尊奉为文学的"上帝"，肆无忌惮而又漫无目的地游荡在文学上空，那它的面目可憎之处也就显露无遗了。就像前文所说，文学批评中那些贴着"人性"标签的套语和行话，大而无当、苍白、空洞、乏力。今天，当我们再次翻开历史文献，读到那句深沉、悲壮的宣言——"一个怪影在中国知识界徘徊——人道主义的怪影"②之时，却陡然发现，三十年倏忽而过，这个"怪影"并没有给这三十年的中国文学增添什么，也没有减少什么——当然，除了批评和研究领域常常见到的一道道貌似攻无不克的

---

① 王元骧：《关于文学评价中的"人性"标准》，《文学评论》2006年第2期。

② 王若水：《为人道主义辩护》，《为人道主义辩护》，北京三联书店1986年版，第217页。

万用咒符。

正是在那个"怪影在中国知识界徘徊"之际，还有一种关于文学的见解不胫而走，真正为新时期文学的演变提供了切实的理论和历史依据，那就是女作家萧红在1938年初对聂绀弩说过的一段话：

> 有一种小说学，小说有一定的写法，一定要具备某几种东西，一定写得像巴尔扎克或契诃夫的作品那样。我不相信这一套。有各式各样的作者，有各式各样的小说。①

把这里的"小说"换成"文学"，也应该是可以的。

---

① 聂绀弩：《回忆我和萧红的一次谈话——序〈萧红选集〉》，《新文学史料》1981年第1期。

第三辑

十五年来的新世纪文学

　　2006 年，当张未民先生撰文提倡"开展新世纪文学研究"时，许多评论家和学者还对"新世纪文学"的提法审慎静观，然而其时中国文学的新气象、新景观已然浮出历史地表。时至今日，我们欣喜地看到，新世纪文学日渐增量、步入佳境，展现出了多元而又盛大的文学版图、传统与先锋及后现代多重变奏的美学气质，以及独具时代文明底蕴的生活现代性特征。与此同时，在新近问世的研究论著中，"新世纪文学"超越单纯时间节点的文学史意义，也获得了持续不断的阐发。就此而言，在新世纪文学拥有了十五年的自然生长历程、新世纪文学研究展开十年之际，我们有必要重审新世纪文学，总结其文学史价值和意义。

一、文学生态：多种文学力量各得其所

　　面对体量宏大的新世纪文学，审美自律的"纯文学"评

判尺度早已捉襟见肘。新世纪文学的版图既盛大又多元，且无时无刻不在增量。总体而言，它展开的是一种在体量上如同康德所言超乎我们想象力的"数学的崇高"的文学景观。我们不断寻找新的话语和概念，试图通过理性来把握和分析这种我们同时代的人所创造的"崇高"：从"三分天下"说到"四足鼎立"说，再到"六分天下"说……新世纪文学在写作、传播和接受的方式与媒介上产生的变化，在所表现和传达的生活经验、情感体验、生命领悟上展示的异动，以及在作者群体、创作诉求和美学风貌上凸显的分化等，都获得了不同程度的讨论。

然而，完整、清晰地赋予新世纪文学这一近乎"无限大的对象"以绝对的整体观，似乎是遥不可及的目标。新世纪文学生生不息，沿着不同的方向肆意生长，都市、乡土、生命、爱情、人性、战争、历史、青春、底层、生态、职场、科幻、游戏……几乎所有的文学可能都在被开拓、实践。每一种文学可能的背后，都对应着一个或多个文学写作和接受群体。可以说，新世纪盛大而又多元的文学生态，是多重文学力量齐头并进、共同缔造的。在文学早就失去"轰动效应"的今天，人们对于文学的参与热情实际上却空前高涨：阅读和讨论文学的激情比之于许多人都在缅怀的 20 世纪 80 年代来说固然显得有些逊色，但写作和表达的冲动，以及这种冲动付诸实践、见出效果的情形，却是后者所远不可及的。

新世纪文学生态彰显了一种新的"天下文明"的文学、文化乃至文明生态的生成，一种具有真正的平民气质、属于每个文学活动参与者的大众文学、全民文学的生成，一种包容、开放、覆盖全面的文化和文明生态的酝酿。这是 20 世纪初以来的"新文学"的伟大梦想之一，它在一个世纪后终于初现端倪。

二、美学精神：传统、先锋与后现代的多重变奏

三十年前，先锋小说破旧立新，以审美自律的文学观念、新人耳目的小说形式和诡谲怪诞的语言实验，冲破了现实主义一统天下的文学常态。而今许多人忆及这一文学史过往时往往流露出"白头宫女在，闲话说玄宗"的怅惘，似乎先锋文学早已成了缅怀、追思的对象，中国文学的先锋精神也随之终结。

事实上，终结的并非先锋文学，而是先锋文学独领风骚的文学审美旧形态。新世纪文学步入了现实主义、先锋与后现代主义多重变奏的审美新形态。这种文学审美新形态是由前述多重文学力量交互作用自然生长出的美学景观：一方面，格非、余华、苏童等大部分先锋文学的生力军依然笔耕不辍，持续为新世纪文学贡献着新的作品——尽管他们的诸

多作品在 90 年代以后出现了某种"向后转"的倾向，但依然葆有赋予其文学史地位的先锋精神，他们的"向后转"并非转向了传统的"现实主义"，而是一种强烈的直面现实的写作态度。在现实面前，他们的作品"文质彬彬"，对于形式和语言的把握更加圆熟。另一方面，继往开来的文学力量如 70 后、80 后作家们所接续的文脉，早已吸纳了先锋文学的精神、艺术积淀，这使他们在步入文坛之初，便彰显了强烈的形式、语言自觉意识。可以说，先锋文学的在形式探索和语言实验上所积累的经验，业已沉实、融入了新世纪中国文学的核心艺术精神。然而，70 后、80 后作家们的文学资源更为丰富、多元，在接受先锋文学熏染的同时，传统的、现代的乃至后现代的、古典的美学趣味和文学经验无不滋养着他们的创作。在一种多元的文学生态中，新世纪文学在体量不断增殖的同时，艺术上的每一种可能性也都被打开。

就此而言，新世纪文学生成了一个审美的共同体。在这一丰盈、复杂的审美共同体中，差异性和多样性的多重变奏构成了新世纪美学精神的主旋律，任何单一的文学观念、主张和思潮都失去宰制文坛走向的机缘。

三、文明积淀：生活之心的全面展开

新世纪的文学生态和审美景观，源于文学写作对于改革开放以来中国社会生活和日常生活之现实的感受、体认与回应。正如习近平在常委见面会上的讲话中所说："我们的人民热爱生活，期盼有更好的教育、更稳定的收入、更可靠的社会保障、更高水平的医疗卫生服务、更舒适的居住条件、更优美的环境，期盼孩子们能成长得更好、工作得更好、生活得更好。人民对美好生活的向往，就是我们的奋斗目标。"创造更加美好的新生活，构成了改革开放以来中国社会各阶层最为广泛的共识和推动中国崛起最为坚实的凝聚力，由此也创造了一种立足于生活、为了生活，并在生活中不断寻求超越的文明形态。

用张未民先生的话概括说，这是一种生活现代性的文明形态。新世纪文学所张扬的，正是这种"生活之心"。"生活"是一个内涵广阔而丰富的总体性概念，个体的、社会的、物质的、情感的、精神的、文化的、政治的、乡村的、城市的、职业的、现实的、想象的……生活的面向有多少，新世纪文学就延伸出多少条写作的路径，生活的体验拓展到哪里，新世纪文学的边界就延伸到何处。正是生活之心的全面展开，持续为新世纪文学的野性生长注入源头活水，使其在总体审美风貌上的差异性和多样性日渐凸显。

在此种差异性和多样性的多重变奏中，既有对于生活的了解与同情，又有针对生活的批判与超越，它们冲击、重构了我们对文学的理解与想象，更开启了一种与生活现代性的文明积淀相匹配的文化精神，那就是"极高明而道中庸"，在生活之中寻求超越，而不是否定、摒弃生活，在现世的、活泼的生活之外建构一座虚妄的象牙塔。

这是一个文学的新世纪，更是一个文明的新世纪。

中华美学的"生活心"

中华美学精神是一个应运而生的重要范畴，其提出立足于改革开放以来中国经济社会和物质文明建设所取得的卓越成就。正如习近平同志"在文艺工作座谈会上的讲话"所言，"一个民族的复兴需要强大的物质力量，也需要强大的精神力量"，中华美学精神就是我们这个物质富庶繁盛的时代所呼唤的精神力量在文艺和审美领域的显现。因此，讨论和阐释中华美学精神的丰富内涵，就不能忽视一个重要视阈，那就是物质与精神、心与物的平衡和统一。在这一视阈中反观中华文明传统，我们不难发现，物质与精神、心与物的平衡与统一，恰是中华传统美学的基本精神品格。

物质与精神、心与物，都是对文化现象的高度抽象和概括，然而它们并非空洞无物、凌空蹈虚，而是显现、平衡和统一于丰盈多姿的生活世界。中华美学是在世的、人间的，关怀日用常行、讲求"极高明而道中庸"，有一颗活泼泼的

"生活心"①。这颗"生活心"一以贯之地跳跃在中华传统美学的哲学根底、审美传统和境界追求中。

一、"生的哲学"根底

"生"是中国传统哲学的本原性观念，也构成了中华传统美学的哲学根底。《周易·系辞》中说，"天地之大德曰生"，"生生之谓易"，这种对宇宙、自然万物和人类生活之绝对精神的理解，以及后世学者竞相围绕"生""生生"等展开的阐发和争鸣，百川归海，汇聚成了独具中国经验和价值判断的"生的哲学"路径，它贯穿了孔孟经典儒学、老庄哲学、魏晋玄学、宋明理学、心学乃至20世纪新儒学。

在此哲学史路径中，有关"生"的意义的阐发可谓义理圆融、广大悉备。"生"首先指生长、生育、生存，它是唯物的、现实的、人间的、世俗的，立足于生活的大地，在葆有现实生存的基础上，衍生出生命、化生、生意等相对抽象的内涵，最后上升为"生生不息"的宇宙精神。然而，这宇宙精神也并非纯粹形而上的玄思妙想，它依然奠基于人类和自然万物之生命的存续绵延。因此中国传统哲学家在解说"生生之道"的存在方式时总说它"显诸仁，藏诸用"，正如

---

① 张未民：《回家的路 生活的心——新世纪中国文艺学美学的"生活论转向"》，《文艺争鸣》2010年第11期。

清代哲学家戴震所说，"生生之呈其条理，显诸仁也；惟条理是以生生，藏诸用也"（《原善》）——所谓"显"，指经由人的认知理解而形成的对"生"和"生生"的抽象概括；所谓"藏"，指未经条分理析的生活世界朴茂自然、混沌未开的本来样态，"生"和"生生"的精神本就氤氲其中，圆融无间。

就此而言，生的哲学立足、尊重和欢庆现世的、物质的生活，由此孕育出中华文化遵生、养生、贵生、厚生的传统；它又强调不能止步于物质的、肉体的、欲望的满足，而是要寻求生命之实现形式和内容的丰富性、超越性，提升生活格调，完善人生的境界。不仅要生活，而且要活泼泼地生活。这种"极高明而道中庸"的生的哲学品格，体现在文艺和审美活动中，就是"感兴"的传统。

二、"感兴"的审美传统

"感兴"是中华美学最重要、稳定的审美传统，是"生的哲学"最典型、普遍的审美呈现。不仅中国文学和艺术两千年的绵延不绝文脉奠基于斯，中华美学的经典文本对这一传统的洞见也不胜枚举，如：

> "春秋代序，阴阳惨舒，物色之动，心亦摇焉……岁有其物，物有其容；情以物迁，辞以情发……是以诗人感物，联类不穷。（刘勰《文心雕

龙·物色》)

> 兴者，起也……起情者依微以拟议……兴之托谕，婉而成章，称名也小，取类也大。（刘勰《文心雕龙·比兴》）

> 气之动物，物之感人，故摇荡性情，形诸舞咏。（钟嵘《诗品序》）

这些片段展现出感兴是一种朴素而又深刻、普遍的审美活动："感"是"感物而动"，"兴"是因感而"起情"。这里所说的"物"是中国哲学中的"大共名"，它既涵盖自然界的物色、生活及社会和历史中的人事，又包括人自身的情感涌动和心理诉求。换言之，但凡人的身和心所能抵达、感知、体验和想象的，都可以称之为"物"，"物"即生活经验。感兴不是对自然、人生和社会的单纯模仿与客观反映，并非诗神凭附的迷狂与天才的灵感，甚至也不是宣泄生命剩余激情的游戏冲动，而是一种来自生活现场的创造性审美活动，是对生活经验的感动、体悟、描绘、渲染和升华。感兴的创造性及其对生活经验的升华，体现在其审美机制中"称名也小"与"取类也大"的辩证关系中："名"是具体的、现实的经验对象；"类"即由此引发的类比联想和审美创造，以及在此过程中对现实生活、世俗人生乃至宇宙大化的直觉。

就此而言，感兴是因生活中刹那的情感涌动、心灵感发而驻足凝神，充分调动自己的才华、想象力和创造力，赋予这片刻的、偶然的、飘瞥难留的生活经验以整一性和永恒性的审美过程，借用清人王夫之的话来说，即"含情而能达，会景而生心，体物而得神，则自有灵通之句，参化工之妙"（《薑斋诗话》）。

三、"自然"的境界追求

"参化工之妙"是中华传统美学所追求的最高境界——"自然"。

自然在中华文化语境中是一个居于核心地位的重要范畴，积淀了广大精微的哲学和美学意蕴。自然不是近代科学视野下与人类生活相对而言的"大自然"，而是天地万物自在自为的本然状态。它既涵盖了我们所目见耳闻的一切事物，又包括人自身；既指向现象世界的大化流行、生生不息，又构成了这大化流行、生生不息的本体之"道"的内在规定性。老子说，"有物混成，先天地生"，这"独立不改""周行不殆"的混成之物，即是道；他又说，"道法自然"。就此而言，自然是超越的，它超越了个体、物种乃至一切现象界的畛域，是一种"齐物"高度上的逍遥游，是一种"无目的的合目的性"。

自然又是真切可感的，它的超越性不体现为在日用常行、现实生活之外虚拟、建构一种异己性的乌托邦或"理式""物自体",而指向生活的本色、万物的本然秩序和天地的内在逻辑。中国艺术所崇尚的"外师造化,中得心源"强调在日常生活实践和审美活动中感受、领悟并展现自然的本色、秩序和逻辑。中华传统美学中的一些重要概念和范畴,诸如实与虚、动与静、阳与阴、刚与柔、形与神、情与理等,无不是师法自然的智慧结晶,而其终极追求便是藉笔墨、色彩、声音、形象和文字呈现宇宙万物淋漓的元气、大化流行无尽的生意。正如石涛所说,绘画要运用笔墨呈现"天下变通之大法""山川形势之精英""阴阳气度之流行",这就要求画家不能师心自用,亦不能泥古不化或照搬现实,而是要"蒙养生活",即在人伦日用、现实生活的审美感兴中体味"山川万物之具体",把握到它们"有反有正,有偏有侧,有聚有散,有近有远,有内有外,有虚有实,有断有连,有层次,有剥落,有丰致,有缥缈"的形式规则,进而使"笔灵墨神","别开生面","气韵生动"(《画语录》)。

这就又回到了"生的哲学"之"显诸仁"与"藏诸用"的方法论。正是借由这颗体用不二、显微无间的"生活心",中国古人的情与理、物与心、物质与精神,在世俗人生、日常生活中实现了平衡和统一,使艺术和审美活动没有孤立于日常生活、世俗人生,进而构建了整体性的中国古典生活。当下要传承和弘扬中华美学精神,其要旨大概也应重塑我们这个时代的"生活心",重建当代生活的整体性。

"中国文学"发现自身的方式

我们在今天说"'文学'本身即是一种历史性的建构"，大概不会招致非难；因为近年来关于文学、文艺学"本质论与建构论"的论争所引发的波澜壮阔的"思维方式"转换，已将那种认为"文学"具有亘古不变的内在规定性的观念几近驱除出境[①]。如果说这一转换从思维方式、研究范式等理论层面为中国文学研究敞开了丰富的可能性，那么时下学术界所萌蘖的对于"中国文学"及其历史建构方式的追问则呈现为思维转换的实绩。正如张未民先生的研究所呈现的那样，"中国文学"这一貌似不证自明、"不会也用不着引起什么讨

[①] 如陶东风认为，"文学"和用以评价"文学"的标准，本身从来都是、也只能是一种历史文化的建构。（《文学理论：建构主义还是本质主义？——兼答支宇、吴炫、张旭春先生》，《文艺争鸣》2009年第7期）相关理论问题还可参看童庆炳：《反本质主与当代文学理论建设》（《文艺争鸣》2009年第7期）、王元骧：《文艺理论的创新与思维方式的变革》（《文学评论》2009年第5期）等文章。

论"的概念，实则纠结了诸多逻辑与知识的矛盾①。因此，本文试图对"中国文学"这一历史性概念的建构方式及其内在机制进行必要的梳理和回顾，并据此提出解开、超越缠绕其中的矛盾的方法。

一、从"旧学"到"新学"："中国文学"之最初建构

征之古籍，中国古代并无"中国文学"一语，与之相关的一些概念有唐代以后经常出现的"天下之文"②，以及宋元时才见诸文献的"天下文学"与"中州文学"等。如宋代阮阅《诗话总龟》"荣遇门"一条引《蔡宽夫诗话》云："座主门生同列，固儒者盛事，而玉堂尤天下文学之极选，国朝以来，惟此二人，前此所未有也。"③ 元代虞集云："昔者中州文学之盛，乘国家兴运，雄浑奇古，度越旧习，海内闻其风而作焉。"④ 在以上文献中，"中州文学"主要有两种含义，一

---

① 张未民：《何谓"中国文学"——对"中国文学"概念及其相关问题的讨论》，该文删节版原刊于台湾《政大中文学报》2008年第10期，全文见《文艺争鸣》2009年第9期。另可参看吴泽泉：《错位与困境：一份关于"中国文学"的知识考古学报告》（《文学评论》2009年第3期）。

② 如唐·王勃《上吏部裴侍郎启》云："天下之文靡不坏矣。"见《中国历代文论选》第二册，上海古籍出版社，1979年版，第8页。

③ 宋·阮阅撰，周本淳校点：《诗话总龟（后集）》，人民文学出版社1987年版，第6页。

④ 元·杨翮：《佩玉斋类稿·原序》，文渊阁《四库全书》本。

是指官职[①]；二是在"天下文学"范围内，"正统王朝"中心区域（与"九州""四夷"相对而言）的"文学"。在这些概念中，"天下"与"中州"（中国）所指涉的是中国古代的"天下—中国"这一国家观念[②]；而"文学"一词除了官职名外，在大多数情况下是指以"文"为研究对象的学术体系[③]，

---

① 如宋·李心传撰《建炎以来系年要录》卷四十八云："（绍兴元年）乙丑……唐宰相张九龄十二世孙昭为中州文学。"（文渊阁《四库全书》本）在这里，"中州文学"应为官职名。

② 关于中国古人"天下"观念的演变，可参看顾颉刚、童书业：《汉代以前中国人的世界观和域外交通的故事》（《禹贡半月刊》第5卷，第3、4期合刊）、田继周：《我国民族史研究中的某些理论问题》（《文史哲》1981年第3期）等文章的相关论述；关于"中国"概念的文献考察及相关研究，可以参看谭其骧：《历史上的中国和中国历代疆域》（《长水粹编》，河北教育出版社2000年版）、于省吾：《释中国》（《中华学术论文集》，中华书局1981年版）、翁独健：《在中国民族关系史研究学术座谈会闭幕会上的讲话》（《中央民族学院学报》1981年第4期）以及翁独健主编：《中国民族关系史研究》（中国社会科学出版社1984年版）一书所收录的相关论文。近年来关于"天下—国家"研究中殊可注意者主要有陈玉屏、张未民等。如陈玉屏认为"天下"是包括"中国"和蛮、夷、戎、狄五方之民在内的具有某些现代国家属性的概念，"中国"一词则暗含了"以我为中心"的政治理念，在春秋大一统的学说下，"天下"和"中国"终究是要合一的。（《略论中国古代的"天下""国家"和"中国"观》，《民族研究》2005年第1期）张未民则认为"中国"一词昭示了古代"天下—国家"这一国家理念及其实践，其实质在于以中心化为主体和框架拓展时空的"大国"趋势和人类联合的历史政治力量，在于它的古代国家形成和发展的"大国"实践。（《何谓"中国文学"——对"中国文学"概念及其相关问题的讨论》，《文艺争鸣》2009年第9期）

③ 据章太炎考证，"文学者，以有文字著于竹帛，故谓之文。论其法式，谓之文学"。（《国古论衡·文学总略》，上海古籍出版社2003年版，第49页）刘永济则认为古代"文"之名义是以"书名、文辞"为体，以"经纬天地""国之礼法""古之遗文""文德""华饰"为用；而"文学"自然是对此进行研究的学问。（《十四朝文学要略》，中华书局2007年版，第2—40页）

与现代意义上的"中国文学"（Chinese Literature）是大相径庭的。

究竟是谁在何时第一次在现代意义上使用了"中国文学"（Chinese Literature）一语恐怕难以确考。当下的研究一般都将梁启超的文学批评话语作为"中国文学"的起点[①]，这是非常有见地的，因为梁启超不仅较早地使用了"中国文学"一语，更体现出一定的理论自觉。比如他在1899年12月末到1900年中期滞留夏威夷期间曾创办了一份《新中国报》[②]，从他在这期间的日记中我们可以读到这样的文字："为十九世纪世界大风潮之势力所颠簸、所冲击、所驱遣……于是生二十七年矣，乃于今日始学为国人，学为世界人。"[③] 由此可见他所说的"中国"乃是现代"世界"体系中的主权国家概念；而其所谓"文学"，亦具有了"言文一致"的现代意义[④]。但是，不容忽视的是，早在1898年，日本学者笹竹临风、古城贞吉就已经分别编著出版了《中国文学史》，以通史的形式述论"中国文学"并引起中国学者的效仿，而中

---

① 参看前引张未民、吴泽泉二人的论文。

② 方汉奇：《中国近代报刊史》（上册），陕西人民出版社1981年版，第199页。

③ 梁启超著，吴松等点校：《饮冰室文集点校》（第三册），云南教育出版社2001年版，第1824页。

④ 梁启超在《〈十五小豪杰〉译后语》中说，"语言与文字分离，为中国文学最不便之一端"。见《新民丛报》第2号，1902年。

国大学的"文学科"亦是效法日本大学建制①。因此可以说，作为现代装置的"中国文学"的起点并非单一和固定的，其间既有中国学人走向世界的努力，又吸纳了西洋、东瀛思潮的影响。

"中国文学"（Chinese Literature）正是在西方现代思想（"民族国家—世界"的国家理念、文学观念）及其理论范式下"发现"了自身。尽管早期的"中国文学"研究在今天看来尚未完全脱尽中国传统学术方法的旧装——如清光绪三十年（1904）京师大学堂刊行的林传甲所撰写的《中国文学史》讲义虽然冠以"文学史"之名，即以现代"通史"的形式回溯中国文学，其内容选择、体例安排等方面却更倾向于中国传统的"文学"观念②——但基本上体现出如下的学术倾向：打破了中国传统的"经、史、子、集"（"诗文评"作为集部附录）的学术范式以及"义理、考据、辞章"相结合的本土学术方法，引入现代西方科学化、系统化、进化论等学术范式以及相应的理论方法，用于重估中国文学的价值。如王国维的经典之作《〈红楼梦〉评论》《宋元戏曲史》（原

---

① 戴燕：《文学史的权力》，北京大学出版社2002年版，第1—39页。

② 林传甲的讲义分为16篇，其内容选择并不局限于文学，还包罗了文字、音韵、训诂、修辞、群经文体、诸子文体、诸史文体等，几乎涵盖了现代意义上的文、史、哲多方面的内容；该讲义的编撰体例也与通行的以时间（朝代、文学史分期）为纲、以作家为纬或是分体（文体）编撰的体例有很大的不同，详可参看林传甲、朱希祖、吴梅等著，陈平原编：《早期北大文学史讲义三种》，北京大学出版社2005年版。

题《宋元戏曲考》）等即是"取外来之观念与固有之材料相互参证"①——这里所说的"外来之观念"，既包括宏观的学术范式、理念，又涵盖了具体的文学观念以及相应的研究方法，如王国维在《文学小言》（1907）中说："文学者，游戏的事业也"②，其中殊可注意者有两点：一是采纳了康德的"超功利"美学观念作为定义"文学"的根本依据；二是将文学作为独立的、可以安身立命的"事业"。虽然中国古代亦不乏"游戏"笔墨的作品及理论阐发，如唐代韩愈在为自己的《毛颖传》辩护时说："此吾所以为戏耳"，并搬出《诗经》《礼记》作为理论依据："昔者夫子犹有所戏，《诗》不云乎：'善戏谑兮，不为虐兮'，《记》曰'张而不弛，文武不能也'，恶害于道哉？"③但这种颇为正统文学观念所诟病的创作非但不能作为安身立命的"事业"，甚至连偶尔为之都要巧言辩护，以免遭人非议，以至于有人用"游戏笔端、资助谈柄"④等"用处"来为"无用"的"游戏"遮羞；另外，无论是借文学"立言"，还是将后者视为"经国之大业，不

---

① 陈寅恪：《王静安先生遗书序》，《金明馆丛刊二编》，上海古籍出版社1980年版，第219页。

② 王国维：《文学小言》，《王国维遗书》（第五册），上海古籍出版社1983年版，第28页。

③ 唐·韩愈：《重答张籍书》，《朱文公校昌黎先生集》卷十四，四部丛刊初编本。

④ 陈振孙：《直斋书录解题》卷十一，文渊阁四库全书本。

朽之盛事"①，文学总是孳乳于以"立德""载道""事功"为
鹄的、学科界限混沌莫名的文化语境中难以"自立门户"。
即使是被王国维认为不以追名逐利的"文学之天才"屈原、
陶渊明、杜甫、苏轼等人②，其身份亦主要指向"士人"（或
官或隐）而非职业作家。北宋文坛宗主欧阳修的一句话更有
助于说明这种情形——"文学止于润身，政事可以及物。"③
由此可见，王国维的"中国文学"研究实在是以西方现代学
术范式及理论、方法清理中国文学遗产的尝试。

　　或许冯友兰在撰写《中国哲学史》时的一番夫子自道最
能代表西学冲击下中国学术界的视野及实践："哲学本一西
洋名词。今欲讲中国哲学史，其主要工作之一，即就中国历
史上各种学问中，将其可以西洋所谓哲学名之者，选出而叙
述之。"④这里所说的"中国哲学"，置换为"中国文学"便
可以清楚地说明早期中国文学研究的情形。蔡元培在《中国
哲学史大纲·序》中评价胡适著作时更明确地指出了后者的
"几处特长"：一是"证明的方法"，即科学、实证的研究；
二是"扼要的手段"，所谓"截断众流，从老子、孔子讲起"
亦与第一点有关；三是"平等的眼光"，即打破儒家定于一

---

① 曹丕：《典论·论文》，《六臣注文选》卷五十二，四部丛刊初编
本。
　　② 王国维：《文学小言》，《王国维遗书》（第五册），上海古籍出版
社1983年版，第29页。
　　③ 洪迈：《容斋随笔》卷四，四部丛刊续编本。
　　④ 冯友兰：《中国哲学史》（上册），三联书店2008年版，第3页。

尊的研究视野；四是"系统的研究"，"不但孔墨两家有师承可考的，——显出变迁的痕迹。便是从老子到韩非子，古人划分作道家和儒、墨、名、法等家的，一经排比时代，比较论旨，都有次第演进的脉络可以表示"①；并且认为，这种现代学术理念、范式所指导下的研究的成果是"古人所见不到的"。

从以上材料中可以窥见，"中国文学"的自我"发现"及其研究的发凡所昭示的实在是一种学术思维、理念和方法的转换，即从"中学"到"西学"、从"旧学"到"新学"的转换，关于这一方面的较早的、也最为典型的学术宣言当推"广学会"的学术宗旨："以西国之学，广中国之学；以西国之新学，广中国之旧学。"②正如有的学者所言，"在这里，西学与新学、中学与旧学，是同等概念，可以相互置换"③；而当时中国学者（"中国文学"）的天平，则是倾向于"西学—新学"即西方现代学术思维、理念和方法的。

二、困境与融通："文学"的"中国性"与"世界性"

学术思维、理念和方法的"转换"便意味着这样一个潜

---

① 胡适：《中国哲学史大纲》，上海古籍出版社1997年版，第2页。
② 《戊戌变法》（中国近代史资料丛刊）第3册，神州国光社1953年版，第214页。
③ 党圣元：《在传统与现代之间——古代文论的现代遭际》，山东教育出版社2009年版，第17页。

在的逻辑前提：中西方文学乃至文化的思维、理念和方法存在着巨大的差异。事实上，早在 19 世纪中后期发生的中西体用之争中，这一差异就已经被认识，无论是倡导"中体西用"者，还是主张"体用不二"者，都认为中西文化之间横亘着难以逾越的险峰，如张之洞认为，"中学为内学，西学为外学；中学治身心，西学应世事"①；严复则认为"中学有中学之体用，西学有西学之体用"②……到了"五四"运动前夕所爆发的著名的"东西文化论战"中，持论者根据各自的立场进一步强化了对中西文化差异的确认，如杜亚泉着重强调中西文明"乃性质之异，而非程度之差"，前者是"静的文明"而后者是"动的文明"③；陈独秀也倡言"欧洲输入之文化，与吾国固有之文化，其根本性质极端相反"④。

在这里，我想强调的并非中西文化的"差异"及其孰优孰劣的价值判断，而是如下这样一个问题：在"人同此心，心同此理"的思维定式轰然坍塌之际，在西方现代思想及其理论范式下建构起来的"中国文学"如何逾越中与西、古与今的鸿沟进而重塑自身？这里面包含了诸多今天也不好处理

---

① 陈山榜：《张之洞〈劝学篇〉评注》，大连出版社1990年版，第154页。

② 严复：《与〈外交报〉主人书》，见王栻主编，《严复集》（三），中华书局1986年版，第558页。

③ 伧父（杜亚泉）：《静的文明与动的文明》，《东方杂志》第13卷第10号，1916年。

④ 陈独秀：《吾人最后之觉悟》，《新青年》第1卷第6号，1916年。

的理论和实践难题：（1）什么是文学？（2）如何认定中国历史上的"文学"？（3）如何处理历史上疆域不断变化、民族构成不断消长、分裂与统一代相更迭的"中国"？（4）如何安置汉语与少数民族语言、书面记载与口耳相传相混杂的文学？（5）如何创造新的"中国文学"？实际上，关于"中国文学"的空间性问题是近年来才得以反思的问题，早期的"中国文学"研究的视野基本上限定在汉族、汉语、以书面语言为载体的"文学"范围内，并未对历史上的"中国"及其文学的地域、民族、语言、载体等方面的历史构成进行有效的清理及理论反思，只有少数学者如闻一多、朱自清等人对中国少数民族神话传说、民歌民谣的整理和研究等稍有涉及。因此，何其芳在1961年指出"所有的中国文学史"都是"名实不完全相符合"的[1]，这也就是有的学者所指出的"中国文学"与生俱来的"矛盾与错位"[2]。

那么，关于"什么是'文学'"及其相关问题的情况又如何呢？——这是当时中国学者和作家们致力最深、探讨最为深入、结论也最为纷繁复杂的问题。正如章克标等人在20世纪30年代编撰《开明文学辞典》时所感慨的那样，"文学"一词，"一见其意义似甚明了，然仔细一想，则其内

---

[1] 何其芳：《少数民族文学史编写中的问题》，《文学评论》1961年第5期。

[2] 吴泽泉：《错位与困境：一份关于"中国文学"的知识考古学报告》，同前。

容极为复杂，词义甚是暗昧"①。我们可以通过考察那个时代的学者和文学家们对"文学"所下的定义来一窥全豹：

王国维："文学者，游戏的事业也……故民族文化之发达非达一定之程度，则不能有文学，而个人汲汲于争存者，决无文学家之资格也。"②

周作人："文章（即文学）中有不可缺者三状：具神思 Ideal、能感兴 Impassioned、有美致 Artistic 也。"③

黄人："以广义言，则能以言语表出思想感情者，皆为文学。然注重在动读者之感情，必当使寻常皆可会解，是名纯文学。"④

郑振铎："文学是人生的自然的呼声，人类情绪的流泄于文字中的，不是以传道为目的，更不是以娱乐为目的，而是以真挚的情感来引起读者的同情。"⑤

凌独见："文学就是人们情感、想象、思想、人格的表现。"⑥

① 章克标等：《开明文学辞典》，开明书店1933年版，第411页。
② 王国维：《文学小言》，同前。
③ 周作人：《论文学志意义暨其使命因及中国近时论文之失》，《河南》1908年第4—5卷。
④ 黄人：《普通百科新大辞典》，见钟少华编《词语的知惠》，贵州教育出版社2000年版，第59页。
⑤ 西谛（郑振铎）：《新文学观的建设》，《文学旬刊》1922年第5期。
⑥ 凌独见：《国语文学史纲》，上海商务印书馆1922年版，第1页。

胡适："语言文字都是人类达意表情的工具。达意达的好，表情表的妙，便是文学。……文学的基本作用职务还是'表情达意'。"①

陈钟凡："文学者，抒写人类之想象、情感、思想，整之以辞藻、声律，使读者感其兴趣洋溢之作品也。"②

朱星元："文学是本乎社会时代的意识，通过作者的想象感情趣味的思想之文字的表现而使读者的心的深处，起了一种共鸣的感觉，和欣赏的快感。"③

以上关于"文学"的界定貌似歧义丛生、杂乱无章，但隐含其中的一些共通因素还是有迹可循的：其一，以上学者和作家们的文学观念已经由传统"文以载道""温柔敦厚"的文学观转向所谓的现代"纯文学"观④；其二，这种现代"纯文学"观念并非对西方现代文学观念不假思索的嫁接，而是斟酌了中国传统文学观念和理论、结合西方文学理论所进行的归纳与融通，亦即对"文学"的"中国性"与"世界性"（"西方性"）的归纳与融通，比如周作人对"神思""感

---

① 胡适：《胡适文存》卷一，上海东亚图书馆1928年版，第297页。
② 陈钟凡：《中国文学批评史》，上海中华书局1927年版，第6页。
③ 朱星元：《中国文学史外论》，上海东方学术社1935年版，第18页。
④ 旷新年：《现代文学观的发生与形成》（《文学评论》2000年第4期）、杜治国：《文学观念的变革与"纯"文学史的兴起——论二三十年代的中国文学史编写》（《齐鲁学刊》2002年第2期）的相关论述。

兴"的强调，凌独见对"人格"的注重，陈钟凡所标举的
"辞藻"与"声律"等，皆与中国传统文论有着无法割舍的
渊源。事实上，上述诸先生在融会中西上是有着理论自觉
的，如陈钟凡曾申言自己对文学的定义乃是"以远西说，持
较诸夏"而来[①]，刘永济在《文学论·自序》中也曾强调自己
的文学观念由"参稽外籍，比附旧说"而来。这种融通"中
国性"与"世界性"（"西方性"）的文学观在现代学者、作
家们探讨如何创造新的"中国文学"时也显现出来——尽管
在文学道路的选择上莫衷一是甚至针锋相对，鲁迅在1928
年时曾慨叹中国文学批评界的混乱，"中国的批评界怎样的
趋势，我却不大了然，也不很注意。就耳目所及，只觉得各
专家所用的尺度非常多，有英国美国尺，有德国尺，有日
本尺，自然又有中国尺，或者兼用各国尺"[②]，但他们在会通
中西以求"中国文学"的新变这一点上是很少持否定意见
的——比如现代诗人朱湘就宣称"我们想要创造一个表里都
是'中国'的新文化。暂时借助于西方文学，这并不足为
耻……中国将来最大的恐慌便是产生一个换汤不换药的西方
文化，甚至也不换汤也不换药的西方文化"[③]——这"表里
如一"的中国新文化、新文学便是贯穿于柏拉图、亚里士多

---

① 陈钟凡：《中国文学批评史》，同前，第5页。
② 鲁迅：《三闲集·文艺与革命》，《鲁迅选集》（第四卷），人民文学出版社1995年版，第83页。
③ 朱湘：《致彭基相》，见罗念生编：《朱湘书信集》，天津人生与文学社1935年版，第15—16页。

德、贺拉斯等人著作中的西方古典主义诗学传统与中国传统"温柔敦厚"的诗学理想在现代中国的延伸①。

与之相仿，在如何认定中国历史上的文学这一问题上，也存在着"中国性"与"世界性"（"西方性"）的纠结与融通。戴燕指出，早期"中国文学史"的写作是在"两股势力的挟持下"一部部写出来的：一是"给过去发生的文学事实找一个文学史式的解释，仿佛削足适履"；一是"在古人说过的话中找到文学史的苗头，仿佛捕风捉影"②。如果说前者是对西方学术范式的借鉴和接受，那么后者就可谓依傍中国传统学术资源。但在触及具体的文学研究和史著撰述时矛盾便凸显出来，最为突出的是中国历史上的哪些作品可以成为"文学"？如果按照王国维以超功利的"游戏事业"为衡量是否为文学家的标准，那么一部中国历史上又有几人可以称之为"文学家"？郑振铎在编写《插图本中国文学史》时就批评已有的文学史著作说："最早的几部中国文学史简直不能说是'文学史'，只是经、史、子、集的概论而已；而同时，他们又根据传统的观念——这个观念最显著的表现在《四库全书总目提要》里——将纯文学的范围缩小到只剩下'诗'与'散文'两大类，而于'诗'之中，还撇开了'曲'——他们称之为'词余'，甚至撇开了'词'不谈，以

---

① 陈向春、赵强：《重建中国诗学：朱湘价值的再发现》，《文艺争鸣》2010年第1期。

② 戴燕：《文学史的权力》，同前，第24页。

为这是小道；有时，甚至于散文中还撇开了非正统的骈文等等东西不谈；于是文学史中所讲述的纯文学，便往往只剩下五七言诗、古乐府以及'古文'。"① 与此相对应的另一个显著问题是不假比照地以西方文艺理论名词给"中国文学"贴标签，"看见作品上多讲自己，便称之为表现主义；多讲别人，是写实主义；见女郎小腿肚作诗，是浪漫主义；见女郎小腿肚不准作诗，是古典主义；天上掉下一颗头，头上站着一头牛，爱呀，海中央的霹雳呀……是未来主义……等等。"②

这些问题是中国文学研究至今仍难以跳脱的困境③，以至于"中国文学"的"中国性"往往流于皮相之论而"西方性"大行其道，中国学者不免高呼中国文论的"失语"了④。无论是困境还是"失语"的描述，都呈现了西方思想、理论及学术范式在现代中国的"水土不服"；"中国文学"要完满地呈现并重塑自身并不能单纯依靠"一条或'被传统文学的思维方式决定'寻找民族优越感，或'被西方文化决定的文学理解'寻找现代化的歧途"⑤。

---

① 郑振铎：《插图本中国文学史》（第一册），人民文学出版社1957年版，第7页。

② 鲁迅：《三闲集·扁》，同上第87页。

③ 蔡镇楚：《中国文学史研究的世纪回眸与理性思考》，《湖南师范大学社会科学学报》2003年第2期

④ 曹顺庆：《文论失语症与文化病态》，《文艺争鸣》1996年第2期。

⑤ 吴炫：《论文学的"中国式现代理解"》，《文艺争鸣》2009年第3期。

三、"中国"的再发现：复归、超越和重塑本土文学传统

20 世纪 90 年代中期以来，"中国文学"研究与创作中多股齐头并进的暗流汇聚成一场波澜壮阔的学术思潮，那就是"中国"的再发现，亦即在西方学术范式引导近百年之后，中国学者及作家得以跳出或唯西方马首是瞻，或困居中国古人裙裾之下的境地，重新审视、思考如何复归、超越与重塑本土学术传统的问题。主要体现为以下几个方面：

一，重建中国文学理论话语系统。无论是主张"西方文论中国化"[1]，还是坚持"中国古代文论的现代转换"[2]，抑或是近年来兴起的关于文学理论的"本质主义"与"建构主义"之争[3]，尽管持论者在立场及具体的实践方法和途径上存在着激辩和分歧，问题最后都归结到如何重新阐释"文学性"、如何重建中国文学理论的话语系统上来，并且呈现出理论探索回到"中国文学"本身、注重文学理论对文学作

---

[1] 李夫生、曹顺庆：《重建中国文论话语的新视野》，《理论与创作》2004年第4期。

[2] 参看张少康：《走历史发展必由之路——论以古代文论为母体建设当代文艺学》（《文学评论》1997年第2期）、陈良运：《"旧学商量加邃密，新知培养转深沉"——论古代文论的现代转换》（《江西师范大学学报》1997年第4期）、《当代文论建设中的古代文论》（《文学评论》2000年第2期）等文章。

[3] 参看陶东风：《文学理论：建构主义还是本质主义？——兼答支宇、吴炫、张旭春先生》（《文艺争鸣》2009年第7期）、吴炫：《论文学的"中国式现代理解"》（同前）、南帆：《多维的关系》（《文艺争鸣》2009年第9期）等文章的相关论述。

品的阐释有效性的趋势。因此一些文学理论范畴、命题在新的文化语境中被重新历史化和结构化，如中国古代文论中的"意境""情性""赋、比、兴"，西方文论中的"自然主义""现实主义""浪漫主义"等的生成语境、词义流变、当代阐释可能性等一系列问题得到了细致入微的讨论。这种研究不仅可以视为"各种各样的文学理论展开了关于文学的本质和价值的对话，为整个文学研究领域提供有效的理论观念和方法论支持"①，而且潜在地支撑着"立足传统，重建中国文论话语，固本强根"的理论信心②，并且体现出囊括古今中外的开放性和理论勇气，如童庆炳主编的《文学理论教程（修订二版）》一书③，虽然沿袭了西方文学理论的基本构架，但在理论结构体系、话语使用、材料使用上突破了以往马克思主义文论和西方文论一统天下的局面，融入了大量中国古代文论的范畴、命题，还尝试着使用中国古代文论中的范畴和概念（如"意境"等）阐释现代主义文学作品，实为重塑"中国文学"的"现代理解"的有效实践。

二，"中国文学"的古今贯通。近代尤其是"五四"新文化运动以来的文学向来被视为异质于中国古代文学传统，

---

① 董学文、金永兵等：《中国当代文学理论（1978—2008）》，北京大学出版社2008年版，第97页。

② 曹顺庆、王庆：《中国文学理论的话语重建》，《文史哲》2008年第5期。

③ 童庆炳主编：《文学理论教程（修订二版）》，高等教育出版社2004年版。

近年来的研究则逐渐廓清了这一被无限放大的"异质性"迷雾,呈现出中国文学传统的古今一贯性和连续性。如果说王德威"没有晚清,何来'五四'"的命题更多地关注了"晚清"在"传统"与"现代"之间的过渡作用进而强调了"中国文学"自身的连续性①,王确先生关于"儒家传统与中国现代文学的文化品格"的研究则从更为宏观、内在的层面揭示了"中国文学"历久弥新的"传统"。他认为,"儒家传统的真正危机更多的不是来自于它的内在理念,而是产生于它与某种特定的社会现实或历史的暂时走向之间的不和谐",因此"五四"以来的文化重建并未真正打倒儒家传统,相反,后者在思维方式、入世精神、尚群思想等方面深刻影响了中国现代文学的历史走向;因此可以说中国现代作家的"精神结构当然主要是由中国文化要素来构成,中国现代文学的文化选择当然无法摆脱中国文化传统的制约"②。复旦大学中国古代文学研究中心发起的"中国文学古今演变研究"不唯在学术界引起轰动效应,而且相继开设了相关方向的硕士、博士专业方向,并且于2005年增设为与中国古代文学、现代文学平行的二级学科,就中国文学的观念、内容、形式等的

---

① 王德威:《被压抑的现代性——晚清小说新论·导言》,北京大学出版社2005年版。

② 王确:《使命的自觉——儒家传统与中国现代文学的文化品格》,东北师范大学出版社2000年版,第5页,第35页。

古今演变展开了多方面的研究①。这些研究在一定程度上触及了"中国文学"自身的"通"与"变"以及贯穿中国文学始终的思维方式和文化精神，为将延续至今的"中国文学"重新整体化和历史化开启了丰富的可能性。

三，重新审视"中国性"与"中国立场""中国方法"。"中国文学"的"中国性"是如何呈现出来的？换言之，"中国文学"在两千余年的历史长河中积淀了什么样的品格和经验？张未民认为，"中国文学""应该在'中国观'上加以探讨"，所谓"中国""在中国人自己的观念中，在古代'中国体系'的范围内，在东方天下/国家思想特有的意义上，一是作为一种理念，指称普天下的'正统''中心'或'中央国家'，拥有先进的礼仪文化，规模宏大，因而可以率领、统合周边众多民族和次一级的属国。可以混一天下；二是作为一种观念和实践框架，'中国'与'四方''四夷'相对相辅，构成一种'天下国家'的结构模式"。因此"中国文学"不可避免地被这种以中心为主体和框架拓展时空的"大规模国家"思想赋予其"中国性"——"中国文学首先是在 个漫长的历史演变中产生的与'大规模国家'政治和文化实践相匹配的大规模的文学共同体。"它不仅有空间的盛大性和整体性，而且具有几千年连续不断的"文脉"，后者指"在

① 黄仁生：《中国文学古今演变研究绪论》，《湖南文理学院学报（社会科学版）》2009年第5期。

中国文化史上贯通古今、覆盖宏阔的，以汉语书面共同语为核心载体，以儒家诗教兼容道家精神以及近代以来引进化入西方文艺精神为思想支撑，由一代代不同地域、不同民族、不同层次、不同身份的文人墨客所联结所继承所发扬、绵延不绝、蔚然大观的中国文学演变发展的脉络和体系"。在此基础上，"中国文学"呈现出"一体分区""一体分层""一体多元"的中心性、整体性、立体性和盛大性[①]。而现代尤其是新中国成立以来的"中国文学"则被诠释为"在现代资产阶级之外开启自身"的文学实验[②]，它所积淀的经验、呈现的特征亦非西方现代思想所能恰如其分地囊括，因此被赋予了中国"新现代性"的称谓[③]。尽管有的学者所提倡的评价中国现当代文学应该立足于"中国的立场"和"中国的方式"遭到了激烈的批驳[④]，尽管某些结论是有待进一步商榷的，但这种发现、复归以期超越和重塑"中国文学"传统的努力无疑

① 张未民：《何谓"中国文学"——对"中国文学"概念及其相关问题的讨论》，同前。

② 陈晓明：《壮怀激烈：中国当代文学60年》，《文艺争鸣》2009年第7期。

③ 张未民：《中国"新现代性"与新世纪文学的兴起》，《文艺争鸣》2008年第2期。

④ 关于"中国立场"和"中国方式"，参看《羊城晚报》2009年11月7日所刊发的《中国文学达到了前所未有的高度》一文；相关的争论文章主要有张柠：《垃圾与黄金：中国当代文学评价的两个极端》（《羊城晚报》2009年11月16日）、肖鹰：《王蒙、陈晓明为何乐做"唱盛党"？》（《羊城晚报》2009年11月21日）、《从脚往下看的高度——驳"当下文学高度论"》（《中华读书报》2009年12月9日）、林贤治：《中国文学处在前所未有的"低度"》（《羊城晚报》2009年11月28日）等。

具有重要的方法论意义。

与此同时，在中国文学创作中，传统"中国"也不再仅仅意味着一种可以随心所欲地"借鉴"或"践踏"的资源，作家们宣称"中国作家不能再用汉字写西方小说的'副本'，不要总做中国的卡夫卡，而要做自己，回归传统与民间"①——所谓"回归传统与民间"就是将自身置于"中国文学"以一贯之立场接续后者绵延千载的文脉的努力，就是在"世界文学"的全球文化语境中开启"中国文学"新的可能性的实践，我们在莫言的《檀香刑》中读到了这位先锋作家对中国文学叙事传统的承续，在王长元的《野村风流纪实》中重温了中国笔记小说的"风流"趣韵，在阎连科的《风雅颂》中重睹了以青楼娼妓、"诗经古城"抗拒腐败体制的中国文人传统，在苏童的《妻妾成群》中发现了《红楼梦》《金瓶梅》等古典著作的影子，甚至，在《妻妾成群》的叙事策略中——以另一个故事的展开终结全篇——我们还能回想起《周易》以"未济"结尾象征"生生不息"伟大精神的思维方式！

① 余华、李锐、张大春：《余华呼吁中国作家回归传统》，《北京晨报》2008年3月29日。

四、从"去中国化"到"再中国化"：重塑"中国文学"的"体用"

百年"中国文学"发现自身的历程可以从如下一个侧面概括：从"去中国化"到"再中国化"，从尽情拥抱西方到民族主体性挺立。其间纠结了种种复杂的动因，诸如中西文化范型的异质性所导致的西方文化理论范式在中国的"水土不服"，中国在全球范围内日渐崛起所引发的对"文化实力"呼唤，全球化与地域化、后殖民主义等后现代思潮和理论传播的影响，甚至于中国学者、作家研究和创作的旨趣、美学取向上的转向等。我无意于对百年"中国文学"建构、重塑自身的历史进程中所陷入的种种"困境"和"错位"及其复杂成因纠缠不休，而是试图透过这一历程的呈现和反思，发现潜藏于其中的有益于"中国文学"当下即未来可能性的方法论启示。从某种意义上讲，学术史本身蕴含着丰富的超越具体的文化立场和学思方式的"元方法"意义①，因此，"中国文学"从"去中国化"到"再中国化"的发现自身方式的演变历程本身就暗含了补偏救弊的方法。

前文中已经提及，"中国文学"学术思维、理念和方法的"转换"基于"中西方文学乃至文化的思维、理念和方

---

① 杨义：《现代中国学术方法通论·导论》，山东教育出版社2009年版，第1—30页。

法存在着巨大的差异"这一逻辑前提，正是在这种中西对立的思维主导下张之洞等人提出了"中学为体，西学为用"这种在晚清末造"举国以为至言"的方法[①]，具体而言，即"新旧兼学，四书五经，中国史事、政书、地图为旧学；西政、西艺、西史为新学，旧学为体，新学为用"[②]；"中学其本也，西学其末也；主以中学，辅以西学"[③]。在这里，"旧学"与"中学"，"新学"与"西学"是可以相互置换的概念；所谓"体"与"用"，"本"与"末"，"主"与"辅"的分野，即"以中国之伦常名教为原本，辅以诸国富强之术"[④]，或曰"取西人器数之学，以卫吾尧、舜、禹、汤、文、武、周孔之道"[⑤]。也就是说，张之洞等人的观念停留在"旧学"（"中学"）完满自足、不可动摇和变更的封闭性立场，而"新学"（"西学"）在当时人眼中的遭遇则是"决不承认欧美人除能制造能测量能驾驶能操练之外，更有其他学问"[⑥]，被视为细枝末节的"器物之术"。回到"西学东渐"的历史现场，我们更应该关注的并非张之洞等人以"中学"（"旧学"）为

① 梁启超：《清代学术概论》，东方出版社1996年版，第88页。
② 陈山榜：《张之洞〈劝学篇〉评注》，同前，第102页。
③ 陈志良选注：《盛世危言》，辽宁人民出版社1994年版，第30页。
④ 冯桂芬著，戴扬本评注：《校邠庐抗议》，中州古籍出版社1998年版，第211页。
⑤ 徐素华选注：《筹洋刍议——薛福成集》，辽宁人民出版社1994年版，第90页。
⑥ 梁启超：《清代学术概论》，同前，第88页。

"体"("本")、以"西学"("新学")为"用"("末")的学术方法违背了"体用不二"的逻辑规则，而是他们之所以采取这种方法的根本立场——"体"即"中学""旧学"的不可变通的封闭、保守立场。正是这种封闭的立场阻碍了新的"中体"的重塑。"洋务运动""戊戌变法"等一系列以"中体西用"为指导思想的图强运动失败后，以新文化运动主将陈独秀、胡适等人所倡导的"全盘西化"的文化革新，从某种意义上讲乃是从"体"("本")的层面对中国文化所进行的彻底的革新，但其以"西学"为"体"施之于中国本土的实践，也是一种非此即彼的逻辑规则、封闭于"西学"传统的立场，因此在当下不可避免地被重新考量和反思①。

"中国文学"从"去中国化"到"再中国化"的重构历程本身即可视为对以上两种立场和方法的扬弃——先是突破了"旧体"("中学")的束缚，后是努力挣脱"新体"("西学")的桎梏，而这桎梏和束缚的症结也就在于中西对立、非此即彼的文化立场和学思方式。"中国文学"重构自身的

---

① 20世纪80年代以来，中外学界开始对"五四"新文化运动进行反思和重估，较早的和具有代表性的成果主要有林毓生的《中国意识的危机——"五四"时期激烈的反传统主义》（慕善培译，贵州人民出版社1986年版）、庞朴的《文化的民族性与时代性——访庞朴》（《光明日报》1988年11月24日）等，前者认为"五四"运动体现了中国文化一贯的"借思想文化解决问题"的思维方式，在这一点上与"文革"并无二致；后者则认为"五四"运动"凡事都用西方的标准来衡量"的实践无视文化的"民族性"，因此在如何对待中国文化传统、接受外来文化等方面"都难以提出正确的意见和方案"。

历史进程所带来的方法论启示也就在于超越中西对立的文化立场，从长时段和宏观的视野去发现和重塑"中国文学"的整体性，以及阐扬、接续这一"整体性"背后延续千年于斯为盛的"中国文脉"，唯此，我们才能对"周虽旧邦，其命维新"的"中国经验"——也就是在历经几千年的中心与边缘、汉族文化与周边少数民族文化、本土文明与外来文明的不断冲突与整合、重构中历久弥新的"中体"进行自觉的体认，进而在多极化或曰多元共生的全球化语境中以海纳百川的胸襟和姿态，重塑"中国文学"的"新体大用"。正如鲁迅先生在1908年所撰写的《文化偏执论》中所说：

> 明哲之士必洞达世界之大势，权衡校量，去其偏颇，得其神明，施之国中，翕合无间。外之既不后于世界之思潮，内之仍弗失固有之血脉，取今复古，别立新宗，人生意义，致之深邃，则国人之自觉至，个性张，沙聚之邦，由是转为人国。人国既建，乃始雄厉无前，屹然独见于天下，更何有于肤浅凡庸之事物哉？[1]

杨义认为，这段话体现出一种"开放性"和"自主性"的文化姿态[2]，这固然是"外之既不后于世界之思潮，内之

---

① 鲁迅：《坟·文化偏至论》，《鲁迅全集》（第一卷），人民文学出版社1981年版，第56页。

② 杨义：《文学翻译与百年中国精神谱系》，《学术界》2008年第1期。

仍弗失固有之血脉"的精髓所在。这种"开放性"和"自主性"的最终旨趣在于"别立新宗",亦即"取今复古",以古今中西的优秀文化成果为"用","权衡校量,去其偏颇,得其神明,施之国中",建构中国文化的"新体"。回顾中国文学、中华文明百年来壮怀激烈的演进历程,我们会发现无论是倡导"中体西用",还是主张"西体中用",中国文学和中华文明所深植其中的历史传统、所应对的外来冲击和挑战、所接纳的外来思想和文明,无疑都参与到新的"中体"的建构中来——这是"中国文学"的演进历程所呈现出的事实逻辑,也是作为多极化世界中重要一极的中国立足中华文明本位、开创"中国文学"当下和未来新的可能、新的境界所溢出的重要的智慧和方法。

回归感性的美学

美学，在相当一部分人的理解中，就是"关于美的学问"。这本不错，但却偏狭，进而混淆视听，最终将美学这门应该契入每个人的"常识"结构中的学问，导向了艺术哲学的象牙塔——艺术本身就与我们的生活有一段距离，更何况是令人望而生畏的哲学？

其实，美学有一个朴素的本名——感性学（Aesthetics）。它的草创者鲍姆加登为其设定的关注对象是"自由艺术理论、低级认识论、优美的思考方法、类似的理性方法"，简而言之，即"感性认识"；它的目的，是实现"感性认识的完善"。就此而言，美和艺术只能算是美学的重要内容，但远非全部。把美学解释成"关于美的学问"或"艺术哲学"，是边界的萎缩、意义的损耗。因为感性认识的无处不在，它构成了人类所有认识的起点；感性认识的完善，则关乎每个人的生活和人生品质的提升。而美，尤其是艺术，在现实世界中却往往只是少数人的特权，是艺术家、批评家、收藏家把玩的尤物，或躺在博物馆、美术馆里的宁馨儿，绝大多数人面对艺术，只能望洋兴叹。

这不仅有违鲍姆加登创立美学的初衷，更辜负了他为了创立这门学问而遭遇的非议、忍受的责难。那是在二百六十多年前，一个被思想家 J. B. 伯里和以赛亚·柏林称为"把信仰完全从属于理性"，"任何不能与理性调和的东西都受到冷遇"的时代，作为哲学家的鲍姆加登，却公然挑战这一原则，为世所公认的引起"认识混乱"的"一切错误之母"感性认识正名，把它看成"人类知识中如此伟大的一部分财富"——这显然是有损哲学家的尊严。然而正是这种在当时人看来令哲学"蒙羞"的举动，唤醒了后世哲学对历来受到压抑、忽视、鄙弃的人类感性的尊重。在我看来，鲍姆加登当时为美学所做的辩护词，即使在今天，依然令人振聋发聩：

　　我是人，无论什么有人性的东西都不会同我格格不入。

所以，美学应该回归感性，回归它在创立之初所初创的广袤疆域。这不仅是学术史意义上的拨乱反正，更是对人和人性的尊重与再认识。

而我们所生活的时代，恰好为美学的回归提供了历史的机缘。我们生活在盛大的物质景观中，技术的进步、商业的繁盛、信息的膨胀，以及它们所引发的价值和文化的多样化，生成了一种被张未民先生称之为"生活现代性"的别样现代景观。这种"生活现代性"暗含着一种"肯定人的世俗欲望的合法性"，"肯定物质基础之于人的第一性的存在"的内在逻辑。它正在有力地销蚀着以理性为内核的精神的权威，瓦解着围绕理性精神所建构起来的秩序。似乎所有的事物都在迅疾更迭，一切中心都弥散开来，一切边界都被打破，一切美好的、丑陋的都泛滥于眼前。所以狄更斯在《双城记》中的那段名言，越来越频繁地回荡在我们耳边："这是最好的时代，这是最坏的时代；这是智慧的时代，这是愚蠢的时代；这是信仰的时期，这是怀疑的时期；这是光明的季节，这是黑暗的季节；这是希望之春，这是失望之冬；人们面前有着各样事物，人们面前一无所有；人们正在直登天堂，人们正在直下地狱。"引起这种"混乱"乃至"错误"的感觉的因素有很多，但感官、欲望、身体的力量无疑扮演了急先锋的角色，而且还是稳定的主力军。就像我在一本书里所说过的，这是"'物'的崛起"的典型症候：日常生活的物质丰饶，生活空间的艺术化，时尚蔓延，奢汰成风，文艺变得感官化、具象化和物质化；与此相应的是思想界对物质、身体和欲望的批判空前热烈。

如何安顿感性，业已关系到每个人的生存、发展以及生活幸福感的获得。

此时，美学不应再"躲进小楼成一统"，蜷缩在哲学的象牙塔中，旁若无人地谈论那些了无生意的关于艺术哲学的陈旧命题——之所以说它"陈旧"，是因为当代艺术也早已换了天地，在代表了艺术最新方向和可能性的艺术样式之中，"美"已消失得无影无踪，因此，嗅觉敏锐的艺术史家，如德国的汉斯·贝尔廷与美国的阿瑟·丹托，不谋而合地提出了著名的"艺术终结论"的话题。"艺术终结论"所言的"终结"，实质上不是艺术本身的终结，而是"美的艺术"的终结。换句话说，后历史时代的艺术，是反美学的。既然如此，面对它曾经的赖以为生的当代艺术的新变，美学进退失据，再难把自己的力量施加于艺术之上。即使是在掀起过两次声名煊赫的"美学热"的中国，也有大量的美学家和美学工作者改换门庭，纵身跃入文化研究的浪潮中。知名美学家高建平曾回忆说，他 20 世纪 90 年代中期留学归国时，在北京一处闻名遐迩的人文社科书店，竟然只找到两本落满灰尘的美学书，还不是新近的出版物。一叶落而知天下秋，美学一度门前冷落鞍马稀的凄惶境况可见一斑。

凡斯种种，或期待，或召唤，或驱使着美学回归感性，面对当下，走向生活。

正如王确先生的一篇新作所言："美学的生命力在于走进生活。"在他看来，美学说到底是"生活感性和美感的归纳和研究结果"，而此刻的人们，正在"以审美或艺术的尺度来选择和设计自己的日常生活环境、生活方式，规划个人趣味和调适自我心境"，当他们"通过手机进入互联网在海量审美和艺术信息中自由选择的时候，当城市景观和图像之流不必考虑人们的需求和意愿便来亲近人们的时候，人们必然会遇到审美困惑，渴望美学做出解释"——难道，美学不应该回到它的起点，面对鲍姆加登要捍卫的那些"人类知识中如此伟大的一部分财富"，亦即感性认识，做出回应吗？

事实上，回归感性、面对当下、走向生活正在成为全球美学界最新的路标。感性的覆盖空间有多广阔、当下的感性和审美活动有多复杂、生活的面向有多丰富，美学就应该有多大的襟怀。十余年前出版的《牛津美学手册》在把脉未来的美学进展时，曾提出十余种可能的美学路径：女性主义美学、环境美学、比较美学、美学与进化心理学、美学与伦理学、美学与认知科学、流行艺术的美学、前卫美学、日常美学、美学与后现代主义、美学与文化研究。十多年之后，我们发现，其十之八九都已经开疆拓土、饶有建树，不仅成为理论研究的前沿，而且逐步走进并改变着我们的生活。在 2012 年举办于长春的一次国际学术研讨会上，青年美学家刘悦笛曾将其中最具影响力的美学主题概括为"当代艺术""环境"与"生活"；也是在那个时间点前后，人们逐渐意识到要为如此丰富多样的美学思潮进行统一的命名的话，非"生活论"莫属。于是张未民先生提出了一个极具冲击力的学术主张——"中国文艺学美学的生活论转型"。美学，在经历了本体论、认识论和语言论诸阶段的跋涉之后，在广阔的生活论视野中，重回感性的土壤。

所谓生活论美学，用张未民先生的话说，首先是指重构一种整体圆融的生活观的美学。毋庸讳言，"生活"是一个内涵极为复杂的词儿，它覆盖了物质、肉体、感官、欲望到情感、审美、伦理、道德乃至于社会、历史等无比广阔的领域，以至于我们在使用它的时候，为了准确地表情达意，只能采取在它前面附加一个限定词的方式，大到人类的物质生活、精神生活、社会生活，小到个体的情感生活、婚姻生活、家庭生活、个人生活、集体生活，等等。诸如此类的语言现象，背后对应的是纷繁复杂的生活现实。面对这林林总总的生活现实，人类采取了一种直截了当的二分法，用"日常"与"非日常""物质"与"精神"等核心概念，对生活进行了整体性的切分。围绕在"日常生活"这个核心概念周围的关键词，是物质、感官、欲望等与人类个体的生存和再生产有关的语汇；"非日常生活"则更倾向于聚合精神、观念、道德、伦理、审美、艺术、文化、社会等。显而易见，人们常常忽略、轻视甚至压抑日常生活，而认为非日常生活才是价值、意义的所在。传统意义上的美学，所致力于的美和艺术，正是对日常生活构成否定和压抑的关键力量——日常生活是刘震云笔下的"一地鸡毛"，是池莉小说中的"烦恼人生"，以及方方眼中的"看不见的地平线"，它重复、琐碎、无趣，人只有挣脱它的束缚，奔向高贵的美和艺术，才能获得心灵的宁静，才能实现灵魂的升华，才能体验到人生的自由。依照这种生活观建立起来的美学认为，我们日常生活中的感性之流，像锻炼身体时所体验的由力量、速度和形体形式所带来的满足感，像精心设计的发型、搭配的服饰所带来的赏心悦目的感觉，像住居营建与装潢中特意追求的风格……都很难说是真正的美，而不过是依附于物质、感官和欲望的虚幻的形式，不仅缺乏精神含量，甚至还是引发奢汰、攀比之风的原罪。而从生活论的美学来看，日常生活中的感性之流，却是合法的从身体快活到心灵恬适、从感官享受到审美愉悦、从欲望满足到精神振拔的连续性过程，是美感和自由体验从无到有、从无序到和谐的生成序列。在这一过程和序列中，美和艺术构成了它的高级、集中、精粹的表现形式，但不是唯一形式。生活论的美学要做的，就是在承认日常生活感性之流的合法性的前提下，对其进行分析、理解、解释和引导，而不是把美和艺术当成否定日常生活、世俗人生的乌托邦，用王确先生的话说，就是既尊重生活之流，也试图引导生活之流，从而提升大众审美体验水平和审美判断力。

当然，生活论的美学注重生活形式的审美品质的提升，但在我看来，它并不是致力于美化衣食住行的"实用生活学"或"生活美容院"。生活论的美学依然是美学，它在回归感性的土壤的同时，也从未忘记自己的初衷，那就是"感性认识的完善"。"完善"意味着充实、圆满、美好。从这一初衷和理想出发，生活论的美学并不认可"存在即合理"的说法，它不会无视生活感性之流的芜杂、混乱、单薄、缺陷，它会更积极强劲地面对无序的、越轨的、违背人性和人道准则的感官、欲望宣泄发出批判的声音。它在拆解了非日常的、超越性的、否定和压抑了物质、感官、欲望的合法性的美和艺术的霸权之后，也不会重建新的感性和美感知识的独裁。对此，我想无须在理论上饶舌，而是应该再次重温前面业已提到的美学之父鲍姆加登的那句金玉良言：

美学，不应该对生活感性之流，这些"人类知识中如此伟大的一部分财富"视而不见。

场外的写作及其意义

　　早些时候，中国的诗人们曾兴致勃勃地围坐在一起，点评农民诗人余秀华。有人说她"很有天分，也写过好诗，或者好的诗句"，差不多具备了一个"独立的诗人"的身份。当然，他们也忘不了指出余秀华的局限，"缺乏阅读和交流"，容易"自我重复和自悲自悯"。甚至有人认为余秀华暴得大名，更多得益于身体疾患所博得的"同情分"。

　　类似的情景并不鲜见。前些年"打工诗歌"刚进入文学界的视野时，就有不少评论家一面惊赏它在情感、审美体验上带来的巨大冲击，一面神色自若地指摘它在诗艺和美学上的偏颇——这大概就是当前主流文学界面对乡村写作、底层写作的基本态度。所有的一切，都要放在"美学原则"的天平上加以衡量，文学性、语言、形式技巧构成了笼罩在中国文学场上空的审美意识形态。它奠定了当前文学场之高峻壁垒的基石，顾盼自雄地站在文学城池的门口，对任何想跻身其中的场外写作力量行使甄别遴选之责。后者的命运自然也已注定，要么被收编、招安，要么知难而退。也正因此，尽管近些年中国文坛不乏热闹一时的场外写作景观，但最后都不免复归于沉寂。

很少有人去追问，这种来自乡村的场外写作，对于中国文学而言究竟有何意义？也很少有人真正去关心，对于一个写下两行诗、一个故事比秋后多收了三五斗还要兴奋的农民来说，写作究竟意味着什么？

是啊！我们拥有源远流长的乡土文学传统，我们一再标榜文学的大众化，近年来兴起的非虚构写作和底层现实主义写作，又跃入了乡村生活的深处。他们不论是在讲述乡村故事的技巧上，还是在展现乡村景观的美学境界上，都攀爬到了这个时代的文学所能达到的高度。既然如此，精粗杂陈、泥沙俱下的乡村写作又能为中国文学增添些什么呢？如果你坚持文学的本质在于形式上的创新和美学上的突破，那么，乡村写作必然是不体面的，它的加入，反而会降低中国文学整体的艺术水准。然而，也正是这种美学上并不体面、光鲜的场外写作，既向我们出示了中国文学的复杂性，又警醒我们将精英趣味普遍化、抽象化为文学之单一本质是多么自以为是，还以文学的方式发出了乡村自身的呐喊。

我们的文学阅读和研究的目光，总是聚焦于那些业已经典化或正在经典化的人物和作品，久而久之，他们便成了我们裁量一切作品的坐标系。这一坐标系既是美学上的，更是社会学意义上的，因为它明目张胆地实施审美的独裁，把乡村的、粗粝的、土野的美学驱逐出境。而来自乡村的场外写作，恰恰坚忍、执拗地演奏着乡村生活的重低音，它讲述着乡村自身的时空经验、情感体验、生命法则、生活逻辑，这是任何"深入生活"的文学场内写作、精英都无法企及的。正像鲁迅当年重返故乡，面对祥林嫂关于人死后究竟有无"魂灵"问题时的嗫嗫嚅嚅一样，今天的知识分子和精英作家又如何知道村妇余秀华想要的答案："村庄荒芜了多少地"，"女人的心怎样凉的"，她为何把生活比喻成一次"被放逐的修行"，要"和一棵树保持一生的默契"？这些问题的背后，隐藏着当代中国文学和美学深刻的多样性和复杂性。

当主流文学界和精英写作中充斥着关于乡村破败、凋敝的哀号或是田园牧歌式的乡愁想象时，来自乡村的场外写作用他们自己的笔触，印刻着自身的生存与奋斗、欣喜与怅惘、梦想与困境。他们的语言构成了安顿自身存在的家。这个家也不仅仅是美学意义上的，而是具有某种社会学和史学的价值——在摆脱了被"代言"的失语与尴尬之后，乡村提出了自己对历史的认知、对当下的思考、对未来的期待，使我们得以真正聆听来自最广大人群的中国故事、中国声音和中国梦想，他们终将汇入浩浩荡荡的中国经验，成为书写当代中国人的生活史和心灵史不可忽视的重要资源。如果说我们这个时代的进步和成功还有哪些奥秘从未被揭示的话，那乡村写作无疑洞开了一扇新的大门。

我要说的是，写作，是一种基本人权，借用鲁迅先生的话说，来自乡村的场外写作，"显示着中国一份和全部，现在和未来"。